4

세계 최고 의 암살자, 이세계 귀족으로 전생하다

The world's best assassin,
To reincarnate in a different world aristocrat

츠키요 루이 일러스트 레이아

옮긴이 송재희

츠키요 루이
[일러스트] 레이아

세계 최고 의
암살자, 이세계 귀족으로
전생하다

The world's best assassin,
To reincarnate in a different world aristocrat

Contents

The world's best assassin,
to reincarnate in a different world aristocrat

"【바람 우리】로 움직임을 막고
【얼음 감옥】으로 굳히겠어—."

† 노이슈

개 공작 중 하나인
피스 가문의 장남.
능 넘치며 노력을
을리하지 않는 미남.

† 미나

여덟 마족 중 하나.
귀족 사회에
녹아들어 인간의
문화를 즐기고 있다.

† 타르트

루그의 전속 메이드이자 암살
조수. 자신을 거둬 준 루그에게
의존하는 경향이 있다.

† 디아

여러 사정으로 연상이면서
루그의 동생이 된다. 마법
재능으로는 인류 최고
클래스.

† 마하

루그가 만든 화장품 브랜드의
대표 대리. 자금과 물자의
원조, 정보 수집 등으로
루그를 백업한다.

† 루그

신동이라고 불리는
암살 귀족의 장남.
전생하기 전에는 세계 최고의
암살자였다. 그 지식과 경험을
마법과 조합해 나간다.

"고양이 따위,
여우의 먹이예요!"

장수풍뎅이 마족을 쓰러뜨린 우리는 왕도로 향하고 있었다.

이용 중인 탈것은 코뿔소 마물이 끄는 마차.

파워도 스태미나도 평범한 마차와는 전혀 달랐다.

"이렇게 강력한 마물을 용케 길들이셨습니다."

옆에 앉은 그란바렌 후작에게 물었다.

나보다 나이가 많고 지위가 높은 인물이라 존댓말을 썼다.

"고생했지요. 우리 영지는 몇 대 전부터 마물을 조교하기 위한 연구를 계속했고, 마침내 제 대에서 구현했습니다."

그래서 정보가 적었군.

마물은 마족이나 마왕의 출현과 함께 수가 늘지만, 그런 시기가 아닐 때도 존재는 한다. 마력을 가진 만큼 다른 동물보다 강하고 튼튼했다. 그래서 효과적으로 활용하고자 한 사람은 많지만 다들 그 광폭한 성질 때문에 좌절했다.

"코뿔소 마물 외에도 조교한 마물이 있습니

까?"

"아뇨, 이 마물뿐입니다. 마물에 따라 전혀 다르니까요. 하지만
이 녀석만으로도 충분합니다. 전장에서도 대활약할 겁니다."

"확실히 이 녀석과 전장에서 싸우고 싶지는 않네요."

경질화된 피부는 화살이나 창에도 끄떡없다.

이 녀석이 여러 마리 돌진하기만 해도 전선은 무너질 것이다.

"우리 그란바렌의 마조술(魔操術)은 투아하데의 의술 못지않은
가치가 있다고 자부합니다."

"네, 저도 그렇게 생각합니다."

잡담은 이쯤 해 두자.

왕성에 가기 전에 준비가 필요할지도 모른다. 우선은 정보를 얻
고 싶다.

"아까 후작님은 제가 마족을 쓰러뜨린 것을 기리는 왕성 연회가 열
릴 거라고 하셨는데, 왕성에 도착한 이후의 일정은 정해져 있나요?"

"네, 빠르게 파티가 개최됩니다. 나흘 후에 열릴 예정입니다. 그
래서 이렇게 제 힘이 필요했죠. 아람 카를라 님이 성역에 초대하고
싶다고도 하셨습니다."

평범한 마차라면 나흘 만에 갈 수 있을지 불안하니 그의 힘이 필
요하긴 했다.

신경 쓰이는 점은 파티 개최가 결정됐다는 것이다. 마족을 쓰러
뜨렸다는 것을 진짜로 믿는다는 증거였다.

심지어 아람 카를라가 성역에 초대했다니.

엄청난 거물이 나왔다.

"왜 중앙은 제 보고를 믿은 거죠? 용사도 아닌데 마족을 쓰러뜨렸다고 하면 보통은 안 믿지 않습니까."

"거기까지는 모르겠습니다. 저는 그저 성기사님을 모셔 오라는 말을 들었을 뿐이라."

"그렇군요. 그럼 후작님은 제 보고를 믿으십니까?"

"물론 믿습니다. ……저와 당신은 동료니까요."

"동료?"

그란바렌 후작은 의미심장하게 웃더니 귓가에 속삭였다.

"저도 노이슈에게 찬동한 자입니다."

노이슈. 이 나라의 4대 공작가에서 태어난 내 동급생.

그는 이 나라를 바꾸려고 한다.

……기사 학원에서 동료를 모으는 건 알고 있었지만 그란바렌 후작 같은 인물까지 끌어들였을 줄은 몰랐다.

그 후로도 마차 안에서 이것저것 속을 떠봤다.

확신은 얻을 수 없었으나 정보는 꽤 모았다.

평범한 마차로 가면 닷새는 걸릴 왕도에 불과 하루 반 만에 도착했다.

도중에 왕도 교외에 있는 학원 부근을 지났는데 빠르게 복구가

진행 중이었다.

마차는 왕도에 들어가 그대로 왕성으로 향했다.

그리고 갈아입으라며 의례복을 받았다.

기사를 이미지한 학원의 옷을 더 격조 높게 만든 옷이었다.

내 옷과는 다르지만 디아와 타르트도 의례복을 받았다.

나는 성기사 신분을 얻었고, 디아와 타르트는 그 종자로 인정받았기 때문이다.

"루그 님, 멋있어요."

"응, 근사해. ……하지만 나는 별로 안 어울리는 것 같아. 이렇게 각 잡힌 멋있는 옷은 키가 커야 태가 살잖아."

"……저도 자신 없어요. 그리고 가슴 부분이 좀. 펑퍼짐하면 편한데요."

타르트가 답답해했다. 왜 답답한지는 묻지 말자. 디아가 원망스럽다는 듯 보고 있지만 그것도 모른 척하자.

"내가 보기에는 둘 다 잘 어울려."

두 사람이 이런 남성적인 옷을 입으니 신선했다.

하지만 마하라면 더 잘 어울렸겠지.

"루그가 그렇게 말해 주니 기분이 나쁘지는 않네."

"네! 저도 참을 수 있어요."

"그럼 다행이고. 슬슬 갈까."

하인이 안절부절못하고 있었다. 윗사람이 빨리 데려오라고 했을 것이다.

◇

그란바렌 후작은 아람 카를라가 성역에서 기다리고 있다고 했다.

아람 카를라. 개인의 이름이 아니라 이 나라의 주교인 아람교의 최고위 무녀를 가리키는 말이자 세습명이었다.

성의 비밀 통로를 지나 안내받은 방의 분위기는 신비로웠다.

앤티크 촛대에 놓인 촛불이 이 세계에서는 보기 드문 스테인드글라스를 비추고 있었다.

시각을 차단하는 검은빛이라고 해야 할 힘이 벽 주변에 흐르고 있는 것이 신경 쓰였다.

이곳이 성역인가.

"아주 예쁜 곳이네."

"네! 긴장돼요."

디아와 타르트가 주위를 보고 깜짝 놀랐다.

그녀들은 아직 이 성역의 이상한 점을 눈치채지 못해서 국보급 장식품에 매료되어 있었다. 우리 말고도 불려 온 사람이 있는지 새로운 내객이 나타났다.

"노이슈, 에포나, 그리고 레이첼 님. 오랜만입니다."

"그냥 레이첼이라고 불러. 너는 성기사라 나보다 신분이 높으니까. 존댓말도 쓰지 말고."

포니테일 머리를 한 아름다운 장신의 여성, 레이첼은 기사 학원을 수석으로 졸업한 젊은 기사 유망주였다.

"뜻밖의 조합이네."

"으음, 소위 용사 파티라고 하는 그거야. 에포나를 배려해서 나이가 비슷하면서도 우수한 자를 뽑은 거지. 노이슈는 집안도 감안했을지 모르지만."

"……그건 나를 모욕하는 건가?"

"사실을 말했을 뿐이야. 나로서는 네가 됐으면 더 좋았겠지만. 설마 성기사가 되자마자 마족을 해치울 줄은 몰랐어. 우수한 신랑감일지도."

그렇게 말하며 팔짱을 끼고 가슴을 눌렀다.

디아가 불쾌하다는 듯 노려보았고 타르트가 울상이 되었다.

레이첼은 농담이라며 몸을 뗐고, 노이슈는 쓴웃음을 지으면서 여전히 인기가 많다고 말했다.

"에포나, 뭔가 들은 거 없어? 우리는 갑자기 이곳에 오게 됐어."

용사이자 중심인물이면서 레이첼 뒤에 숨어 있던 에포나에게 질문했다.

"어어, 우리도 중요한 얘기가 있다는 말밖에 못 들었어."

변함없이 에포나는 쭈뼛거렸다.

에포나도 레이첼처럼 보이시한 소녀이긴 하지만 늠름한 이미지가 없어서 옷이 어울리지 않았다.

"그런가, 비슷한 처지구나. 너희는 어떻게 지냈어?"

"특별히 사건 같은 건 없었어."

근황을 보고하고 정보를 교환했다.

용사 파티의 역할은 왕도와 그 주변을 지키는 것이라서 훈련만 하며 지냈다는 모양이다.

그러고 있으니 흰색 관두의를 입은 백발 여성이 나타났다.

20대 전반의 미녀. 아람 카를라, 최고위 무녀.

실물은 처음 봤지만 한눈에 알았다. 이 무녀는 나를 이 세계에 보낸 여신을 모방했다.

하얀 머리는 천연이 아니라 염색한 것이고, 그건 우연이 아니다.

뭔가 이유가 있어서 여신이 이 나라에 간섭하여 모습을 보였기에 그 모습을 흉내 낸 것이다. 아마 여신은 세계를 편하게 운영하기 위해 종교를 만들었을 것이다.

"잘 오셨습니다. 인류의 방패들이여."

아람 카를라가 또렷하게 울리는 목소리로 말했다.

……아는 사람이 들으면 안다. 이건 사람의 마음에 울리도록 훈련으로 익힌 목소리다.

종교는 정신적인 분야이긴 하지만 그것을 전파하고 신봉시키는 수단은 이론적인 기술이었다.

아람 카를라의 행동거지, 발성법, 대화 방식, 전부 계산된 것이다.

"여러분에게 비밀을 털어놓기 위해 이렇게 모이시도록 했습니다. 선택받은 자에게 진실을 밝히겠습니다."

그녀가 말하자 촛불이 전부 꺼졌다.

그리고 어둠이 찾아왔다.

벽 쪽에서 뭔가가 희미하게 빛나며 그것들을 가리고 있던 검은빛이 사라졌다.

빛은 벽에 동일한 간격으로 늘어선 석상에서 나오고 있었다.

뱀, 돼지, 장수풍뎅이, 그것들과 인간이 섞인 듯한 이형의 석상이 전부 여덟 개.

……그리고 돼지와 장수풍뎅이 석상만 빛의 색이 달랐다. 다른 석상은 어렴풋한 초록색인데 그 둘만 빨갰다.

"우연일 리 없겠지."

지금까지 만난 세 마족의 모티프인 뱀, 돼지, 장수풍뎅이가 여덟 석상 중에 존재하고, 에포나가 죽인 돼지와 내가 죽인 장수풍뎅이만 빨간빛이 된 것이 우연이라면 오히려 놀랍다.

"마족은 총 여덟 마리가 존재하며 이미 두 마리가 죽었습니다. 여러분이 할 일은 남은 여섯 마리 마족을 쓰러뜨리는 것. 그리고 마족이 행하려고 하는 마왕 부활을 저지하는 것입니다."

여기 있는 석상과 마족의 생명이 링크되어 있기에 내 보고를 믿은 건가.

아니, 보고할 것도 없이 마족이 죽었음을 알기에 그렇게 대응한 거다.

그나저나 마족이 행하려고 하는 마왕 부활을 저지하라고? 마왕은 자연적으로 발생하는 것이 아니라 마족이 움직여야 부활하는 건가?

왜 그런 정보를 이제야 꺼내지?

그 밖에도 신경 쓰이는 점은 있다.

석상 여덟 개를 미리 알았다면 모티프를 보고 마족의 특징을 추측하여 유리하게 싸울 수 있었을 텐데 왜 이제껏 가르쳐 주지 않았나.

이 부조리함을 따져야 한다. 다시 불이 켜졌다.

아람 카를라는 미소 지을 뿐이었다. 이것으로 그녀가 할 이야기는 끝났나 보다.

나는 그녀를 올려다보며 천천히 입을 열었다.

Episode 1

제1화 — 암살자는 생각지 못한 인물과 재회한다

The world's best assassin, to reincarnate in a different world aristocrat

"아람 카를라 님. 왜 정보를 미리 알려 주지 않으셨습니까? 여기 있는 마족상을 보여 주셨다면 나타날 마족과 그 능력을 추측하여 준비할 수 있었습니다."

모습은 중요하다.

마물과 마족은 모티프에 걸맞은 능력을 가진다.

그리고 이런 석상이 있을 정도면 내가 발로르 상회의 정보망으로 조사해도 발견하지 못한 마족의 정보도 있을 터다.

"타당한 의견입니다. 하지만 이 【성역】은 극비 중의 극비. 믿을 만한 자라고 판단하기 전에는 이곳을 보여 줄 수 없었습니다."

믿지 못한다면 마족을 죽이라고 하지 마.

그 말은 삼켰다.

"그렇다면 마족이 마왕을 부활시키려고 한다는 것과 그 방법도 극비 중의 극비입니까?"

"물론입니다. 원래는 용사에게만 알려 주는 정보입니다. 이 정보가 새어 나가면 나라가 쇠퇴할 수도 있습니다. 하지만 성기사님에게는 이야기할 가치가 있다고 교회가 판단했습니다."

……이 말로 퍼즐 조각이 맞춰지며 대충 추측이 갔다.

재료는 몇 가지 있었다.

하나, 장수풍뎅이 마족이 만들려고 했던 생명의 열매.

둘, 왕도 녀석들이 마족의 습격을 과하게 두려워한 것.

셋, 실제로 습격받은 도시의 상태.

넷, 나라가 쇠퇴한다는 말.

그것들을 복합적으로 생각하면 답은 꽤 좁혀진다.

"마족은 인간의 목숨을 이용해 생명의 열매를 만들고, 그것을 바치면 마왕이 부활하는 건가요. 아마 생명의 열매에 필요한 인간의 수는 수만 명 규모. 따라서 대도시일수록 노려지기 쉽겠죠."

"맞습니다. 머리가 좋으시군요. 네, 마족의 목적은 인간을 죽여서 영혼을 모아 생명의 열매를 만들어 내는 것입니다. 영혼의 세기에는 강약이 있습니다. 예를 들어 용사 에포나의 영혼이라면 한 명으로 충분하지만 평범한 인간이라면 5만 명쯤 필요합니다."

5만 명이라는 말을 듣고 나를 제외한 다른 사람들의 얼굴에 경악이 떠올랐다.

나라에서 공표하지 못하는 것도 납득이 갔다.

마족의 시선으로 보면 알 수 있다.

5만 명의 영혼을 모아야 하는데 100명, 200명 사는 마을을 습격한다면 어느 세월에 다 모으겠는가.

만 단위로 사람이 사는 대도시를 노리는 게 낫다.

내가 화장품 브랜드를 설립한 무르테우 같은 상업 도시나 왕도 같은 수도를.

그리고 이 사실을 공표하면 어떻게 될까?

상업이 발달한 도시와 수도에서 사람이 대량으로 빠져나가 기능이 정지되리라.

경제와 정치가 혼란해지며 국력은 저하된다.

사람이 많이 사는 도시일수록 마족이 노린다고 공표할 수는 없다.

……그리고 그것을 알기에 중앙 녀석들은 용사를 이곳에 붙잡아 뒀다.

"지금까지 숨겨서 죄송합니다. 당신이 저와 같은 【선택받은 자】임을 확신했다면……."

"【선택받은 자】?"

"위대한 백악의 여신, 웨누스 님께 신탁을 받으셨지요? 당신의 편지에 적혀 있던 여신의 특징은 제가 꿈에서 만나는 웨누스 님과 똑같았습니다. 게다가 마족을 죽이는 마법을 받았다니, 여신의 총애를 받은 【선택받은 자】라고 생각할 수밖에 없습니다."

……아람 카를라는 최고위 무녀이자 여신의 대변자라고 불린다.

여신의 대변자라는 것은 그냥 하는 말인 줄 알았는데 진짜였나 보다.

꿈속에 그 여신이 나타난다. 즉, 아람 카를라는 여신의 목소리를 인간 사회에 전하는 스피커다.

"아람 카를라 님, 저는 【선택받은 자】와 조금 다릅니다. 여신님은 얼마 전에 【마족 살해】를 주셨을 때와 제가 어렸을 때, 두 번만 만나 주셨습니다. 아람 카를라 님은 어떠신지요?"

"대략 석 달에 한 번쯤 뵙습니다. 지고한 여신 웨누스 님의 말씀을 저희 아람 카를라가 전함으로써 이 세계는 번영했습니다."

여러 가지로 이해됐다. 미래를 읽을 수 있는 여신이라면 초자연현상이나 기적을 일으키지 않고 말만으로 간섭할 수 있다. 에너지를 크게 절약하면서도 합리적인 간섭 방법이다.

"아람 카를라 님, 다음에 여신님을 뵈면 감사 인사를 전해 주실 수 있을까요. 『당신의 기대에 부응하겠습니다. 지켜봐 주세요』……라고."

"어머나, 멋지군요. 확실하게 전하겠습니다."

참고로 여신에게 보내는 인사를 알기 쉽게 바꿔 말하면 다음과 같다. 『네 소망은 들어줄 테니까 괜한 짓 하지 마.』

"용사와 선택받은 자와 그 동료들이여. 들으십시오. 남은 여섯 마족 토벌 및 마왕 부활 저지, 그것이 바로 여러분에게 주어진 사명입니다."

우리는 아람교 특유의 인사로 대답했다.

……단숨에 정보가 모였다.

그리고 내게는 뱀 마족으로부터 알아낸 정보도 있었다.

마왕 부활에 필요할 터인 생명의 열매. 그것을 장수풍뎅이 마족이 만들어 내는 것을 뱀 마족은 원치 않았다.

그걸 보면 마족들은 누가 마왕을 부활시키는지 경쟁 중이라고 상정할 수 있다. 이건 파고들 틈이 된다.

그 후 성역을 나갔다. 여기서 안 사실을 누설해서는 안 된다고 거듭 주의를 받았다.

비밀 통로를 지나 성내로 돌아오자 에포나가 말을 걸어왔다.

"그런 비밀이 있었다니 깜짝 놀랐어."

"그러게. 좀 더 일찍 알고 싶었지만, 저쪽도 나름대로 사정이 있겠지."

"열심히 해야겠어. 마왕 같은 위험한 자가 부활하지 못하도록 우리가 저지해야 해."

나는 미소 지으며 고개를 끄덕였다.

그리고 나만이 아는 미래를 떠올렸다.

여신이 본 미래에서 에포나는 마왕을 죽이고 나서 이상해졌다고 했다.

즉, 마족이 마왕을 부활시키는 것까지는 확정된 미래다.

아니, 포기하기에는 이르다. 미래가 정해져 있다면 내가 이 세계에 온 의미가 없다. 최대한 발버둥 쳐 보자.

◇

며칠 후 파티가 열렸다.

내가 성기사로 임명됐을 때도 성대했으나 그 이상이었다.

참가자의 표정이 달랐다.

지방 귀족과 지방에 친척이 있는 귀족들의 얼굴이 밝았다.

요컨대 지난번에는 내 힘을 믿지 않아서 마족이 나타났을 때 지켜 줄지 불안했던 것이다. 그러다 내가 마족을 죽이면서 마침내 믿게 되었다.

그걸 비난할 생각은 없다. 나조차 마족을 죽일 수 있을지 확신하지 못했으니까.

아까 단상에서 마족 토벌을 칭송받았고, 동시에 교회에서 나를 【선택받은 자】라고 인정했다.

이로써 더 움직이기 쉬워졌다.

「마족을 토벌하기 위해」라는 전제 조건이 필요하지만, 이제 이 나라에서 내 행동을 나무랄 수 있는 자는 거의 없다.

……어쩌면 이렇게 된 것도 여신의 계획일지 모른다. 아람 카를라라는 존재 자체가 나를 【선택받은 자】로 인정하게 해서 움직이기 편하게 만들기 위한 장기말. 아니, 어쩌면 이 나라 자체가 그럴지도 모른다.

그리고 의외인 점이 하나 있었다.

내가 보낸 【마족 살해】 술식이 공표되었다.

이 자리에는 타국의 귀족도 초대받았는데.

【마족 살해】는 잘만 쓰면 강력한 외교 카드가 됐을 터다.

용사가 아니어도 마족을 죽일 수 있는 방법은 용사가 없는 타국에서 간절히 탐낼 만한 것이다.

왜냐하면 알반 왕국 말고는 마족이 나타난 순간 끝난 것이나 마찬가지니까.

그런 카드를 무료로 주는 것은 이상했다.

"어머, 성기사님. 잔이 비었네요."

갈색 피부와 흑발. 에로틱한 옷으로 요염한 몸을 가린 귀부인이 양손에 유리잔을 들고 나타나 하나를 내게 건넸다.

……왜 여기 있지. 대체 어떻게 된 거야?

동요를 드러내지 않으며 잔을 받았다.

"당신과 이런 곳에서 만날 줄은 꿈에도 몰랐습니다."

"성기사님, 우리는 초면이에요. 후후, 다른 분이랑 착각하신 것 아닌가요?"

착각일 리가 있나.

장수풍뎅이 마족을 쓰러뜨린 후 만난 뱀 마족이었다.

뱀 인자를 숨기고 인간 흉내를 내고 있었다.

마족 특유의 독기와 마력도 억제되어 있었다.

……하지만 알 수 있다.

암살자는 변장이 특기고, 그렇기에 간파하는 기술도 가지고 있다. 겉모습뿐만 아니라 냄새, 말투, 버릇, 대화 방식, 동작, 다양한 요소로 식별할 수 있었다.

"착각했나 보군요. 죄송합니다. 하지만 이것도 인연이겠죠. 나중에 장소를 옮겨서 느긋하게 얘기하는 건 어떠신가요?"

"어머나, 데이트 신청인가요? 성기사님과 데이트라니 영광이네요. 그럼 나중에."

저쪽이 받아 주는 것은 예상했던 일이다.

아니면 내 앞에 나타나지 않았으리라.

뱀 마족이 치마를 들어 인사하고 떠났다. 그러자 남성 귀족들이 뱀 마족에게 몰려들었다. ……귀족들은 뻑 가 버린 얼굴이었다.

뱀 마족을 보고 있으니 접시에 요리를 담은 디아와 타르트가 왔다.

"아아, 루그, 얼굴이 헤벌쭉해졌어! 엄청난 미인이긴 했지."

"저기, 저런 분이 취향이신가요?"

두 사람은 저것이 어떤 생물인지 모르는 듯했다.

"취향은 아니지만 조금 신경 쓰여서."

"흐응, 상대가 타르트라면 바람피워도 된다고 했지만, 갑자기 튀어나온 관능적인 누님이랑 바람피우면 화낼 거야."

"디아 님, 저기, 다른 사람은 몰라도 루그 님만큼은 그러지 않을 거예요."

디아가 의심하는 것은 슬프지만, 질투하는 디아는 귀여웠다.

"걱정하지 마. 내가 사랑하는 사람은 디아야. 저 사람과는 정말로 사무적인 관계야."

"흐응, 믿어 줄게."

그렇다. 일이다.

내가 이 세계에 온 의미이고 지금은 성기사로서 해야 할 일이다.

나중에 뱀 마족과 만나기로 약속은 했지만 그것만으로는 부족하다.

저것이 어떤 입장으로 이 나라에 비집고 들어왔는지 알아보자.

~여신 시점~

　새하얀 방에서 순백의 여신은 평소처럼 세계를 감시하고 분석했다. 순백의 여신은 혼자 있을 때는 인형처럼 무표정했다.

　여신은 천 가지 얼굴을 가져서 상대에 따라, 상황에 따라 가장 효과적인 얼굴을 만들 수 있었다. 반대로 말하자면 혼자 있을 때는 표정 따위 필요 없으므로 그런 수고는 들이지 않았다.

　어떤 표정으로도 변할 수 있기에 그 얼굴은 궁극의 중립. 만약 지금의 여신을 인간이 본다면 마치 기계 같다고 말할 것이다.

　"단계 진행을 확인. 세계 붕괴 예측에서 벗어남을 확인. 오차 5.623. 불확정 인자, 루그 투아하데에 의한 것이라고 추정. 그에 의한 마족 토벌 및 세계 개변이 주된 요인. 붕괴에 도달할 확률 99.87%에서 88.34%로 저하."

　여전히 90%에 가까운 확률로 세계는 멸망한다.

　하지만 커다란 진보다. 거의 확실한 멸망에서 벗어났으니까.

　"팔랑 폴테르, 데큐 그로우라이나, 나크아 코르아돌프의 사망을 확인. 잔재 외적 인자는 루그 투아하데뿐. 외적 요인의 감소로 리소스 확보. 이것을 이용해 새로운 외적 요인을…… 아니."

　여신은 아무것도 믿지 않는다. 그저 확률만을 생각한다.

　시뮬레이션 결과, 세계라는 상자 속에 있는 것을 다 써 봐도 세계는 멸망했다.

　그래서 세계 밖에서 변칙적 존재를 불러올 수밖에 없었다.

1호는 루그 투아하데였다.

그리고 외적 요인은 루그 투아하데뿐만이 아니었다.

확률의 문제다. 단일 개체에 자원을 쏟아부어서 성공률을 올리기보다 시행 횟수를 늘리는 편이 효과적이다.

시험 점수와 같았다. 70점을 받는 것은 간단하다. 하지만 거기서 점수를 올리기는 매우 힘들다. 만점을 노린다면 세 배 이상의 수고가 든다.

그렇기에 여신은 한 명에게만 비용을 들이지 않았다. 누군가 한 명을 믿고 자원을 소비하여 만점으로 올리기보다 같은 비용으로 70점을 양산하여 그중 누군가가 세계를 구하기를 기대했다.

그러는 편이 훨씬 성공률이 높다. 그럴 터였다.

"행동 지침의 오류를 확인. 루그 투아하데는 특별함을 인정. 상위 존재에게 제안. 루그 투아하데의 공적을 송부. 추가 외적 요인을 불러들여 시행 횟수를 늘리기보다 루그 투아하데에게 리소스를 집중해야 함. 확률론으로는 이야기할 수 없는 무언가가 루그 투아헤데에게 있다고 판단."

지금까지 확률론으로 내렸던 판단이 틀리지 않았더라도, 실제로 루그 투아하데를 제외한 외적 요인은 세계에 아무런 영향도 주지 않고 사망했다.

여신은 지금도 당초의 판단이 틀렸다고는 생각하지 않는다.

하지만 여신은 자신의 판단을 고집하지 않았다.

자신의 계산을 웃도는 일이 일어나면 그것을 인정하고 다른 답을

냈다.

이번에는 분석 결과 루그 투아하데라는 개체가 비정상적이었고, 거기에 걸 가치가 있다고 인정했다.

그렇기에 외적 요인이 죽으면서 확보한 자원으로 새로운 총알을 보충하기보다 루그 투아하데에게 거는 것을 선택하고 제안했다.

상위 존재가 여신의 제안을 판단하고 승인했다.

"승인을 확인. 루그 투아하데에게 줄 추가 리소스를 확보. 세계를 그에게 맡기겠음."

이제 이 세계에 외적 요인을 불러들이는 일은 없다.

루그 투아하데에게 건다.

그것은 루그 투아하데에게 낭보이면서 동시에 흉보이기도 했다.

이전보다 더 많은 지원을 받는 대신 그가 실패하면 세계가 끝난다.

"추가 리소스를 효과적으로 활용하는 방법을 시뮬레이션. 72346가지를 계산. ……거기서 가장 확률이 높은…… 부정, 루그 투아하데에게 확률은 절대적 지표가 될 수 없음. ……중요시해야 할 사항은 따로 있음."

여신은 한 가지 결단을 내렸다.

신의 권능에 의한 미래 연산의 답을 무시한 판단이었다.

"상위 존재에게 리소스를 요구…… 승인…… 리소스를 사용하려면 37일이 필요. 그것을 효과적으로 활용하기 위해 현세의 채널, 아람 카를라에게 접속."

아람교. 인류를 이끈다고 하면 듣기는 좋지만, 낮은 비용으로 세계를 관리하기 위한 무대 장치였다. 그 교단의 무녀인 아람 카를라의 꿈에 나타나 말을 전했다.

여신이 세계에 간섭할 때는 온갖 행동에 자원을 소비한다.

온 세상 사람에게 말을 전하려면 소멸을 각오해야 할 만큼 부담이 크다.

하지만 단 한 명의 꿈에 나타나는 것은 비용이 아주 낮다.

한 소녀에게 꿈으로 말하기만 해도 세계적 종교인 아람교는 멋대로 확산한다.

이렇게 편리한 무대 장치는 자연스럽게 생기지 않는다. 필요해서 만들었다. 여신의 힘을 사용하면 그리 어렵지 않았다.

당대 아름 카를라의 꿈에서 여신은 미소 지었다.

그리고 루그 투아하데에 관해 이야기했다.

자비로운 성녀처럼 웃었다. 여신은 늘 상대가 바라는 자신을 만든다. 신에게 의존하고, 매달리고, 이상을 강요하는 상대에게는 어떤 표정이 필요한지 잘 알고 있었다.

소녀와의 접속을 끊었다. 그리고 눈을 감았다.

잠드는 것이 아니라 완전한 셧다운이었다.

할 수 있는 일이 없어졌다. 그러니 마땅한 때가 올 때까지는 전원을 끈다.

아람교가 그저 무대 장치로 만들어진 것처럼 여신 또한 그저 세계를 관리하기 위한 장치에 불과했다.

여신은 오늘도 담담히 세계를 관리한다.

Episode2

제
2
화

암
살
자
는
교
섭
한
다

The world's
best
assassin, to
reincarnate
in a different
world
aristocrat

뱀 마족과 재회할 줄은 알았지만 이렇게 빨리, 그것도 왕도의 파티에서 만날 줄은 몰랐다.

왕성에서 개최되는 파티에 마족이 참가한 것은 치명적이다. 이름이 알려진 자만이 이 파티에 참가할 수 있었다.

뱀 마족은 마음만 먹는다면 언제든 알반 왕국의 중추에 있는 왕후 귀족을 몰살할 수 있는 것이다.

뱀의 하인에게 안내받아 귀빈에게 빌려주는 방이 모여 있는 층을 걸었다.

시선이 모였다.

성기사이자 【선택받은 자】라는 칭호를 얻은 나는 주목의 대상이었다.

그런 내가 밤늦게 여성을, 그것도 묘령의 미녀를 찾았으니 내일이면 소문이 날 것이다.

하인이 노크하자 방의 주인이 대답했고 문이 열렸다.

"초대해 주셔서 감사합니다. 그란펠트 백작 부인."

헤어지고 나서 뱀 마족이 위장한 여자에 관

해 조사했다.

그란펠트 백작 부인.

선대 그란펠트 백작은 유능했으나 무능한 후계자가 재산을 탕진했다. 전형적인 몰락 귀족이었다.

그런 몰락 귀족에게 반년 전에 시집온 것이 그녀다.

시집오고 한 달 뒤에 그란펠트 백작은 죽었고, 그 후로는 그녀가 그란펠트령을 꾸려 나가서 불과 몇 달 만에 영지 경영은 개선됐다.

그 미모와 수완으로 영지 안팎에서 인기가 있었고 평가도 좋았다.

마족이 이토록 인간 사회에 적응하다니 놀라웠다.

"후후후, 성기사님이 오시기를 기다렸답니다. 자, 이쪽으로 오세요."

갈색 피부를 가진 요염한 미인이 미소 지었다.

머리가 아찔할 만큼 관능적이었다.

【야수화】한 타르트처럼 페로몬을 뿌리고 있었다. 타르트와는 비교가 안 되는 농도였다. 타르트와 달리 의식적으로 방출하고 있기 때문이리라.

거기에 육감적인 몸과 남자를 유혹하는 동작의 상승효과로 빨려 들 수밖에 없었다.

나는 암살자 훈련으로 약물에 내성이 있고, 페로몬을 알기에 대책을 세워 뒀는데도 상당히 위험했다.

평범한 인간이 이런 걸 맞는다면 한 방에 넘어갈 것이다.

"좋은 차가 있답니다."

"아뇨, 됐습니다. 목이 마르지 않아서요."

"그렇게 경계하지 마세요. 독 같은 건 넣지 않았어요. 저는 그저 잘 대접해 드리고 싶을 뿐이에요."

"재미있는 농담이군요."

웃고 있다. 난데없이 페로몬을 뿌리고, 계속해서 유혹적인 동작을 하며, 이쪽을 매료하려고 하는 여자를 경계하지 말라고?

"어머나, 들켰나요? 하지만 그렇게 남남처럼 굴 필요는 없어요. 여기 있는 이들은 다 이쪽 아이들이니까. 전장처럼, 단검처럼 차갑고 예리한 당신을 보여 주세요. 그쪽이 훨씬 당신다워서 구미가 당기거든요."

그란펠트 백작 부인이 손가락을 튕기자 하인들이 하얀 왕뱀으로 변했다.

의태 능력을 가진 마물인가.

이곳에 인간이 없다면 마족을 죽이는 암살자로서 이야기할 수 있다. 감사히 말을 따르기로 하자.

"그럼 그렇게 하겠어. ⋯⋯여기서 소동을 일으키면 그란펠트 백작 부인의 탈이 벗겨질 테니 날뛰는 것도 나쁘지 않지."

"당신은 머리가 잘 돌아가는 사람이니까 그런 짓은 안 하겠죠."

나를 잘 알고 있었다.

이렇게 하인들이 마물이었다.

그렇다면 이 하인들 말고도 사람으로 둔갑한 마물이 성내에 숨어들어 있다고 생각해야 한다.

녀석이 마음만 먹는다면 여기저기서 참극이 발생한다.

나는 그것을 바라지 않았다.

이 마족은 머리가 좋다. 교섭 상대로서는 방심할 수 없지만 긴말할 필요가 없어서 좋았다.

"마족이 왕성에 초대받을 만한 귀족이 되어 있을 줄은 몰랐어. 이토록 절망적인 싸움이었을 줄이야. 이쪽의 움직임은 다 새어 나가는 데다가 중요 인물의 목숨까지 잡혀 있어. 그리고…… 대체 몇 명을 홀린 거야? 마음만 먹으면 이 나라를 조종할 수 있지?"

나는 페로몬을 견뎠지만, 그러지 못하는 사람이 더 많을 것이다.

나라의 중추에 뱀의 꼭두각시가 얼마나 많을지 생각하기도 싫다.

게다가 뱀은 색향 외에도 사람을 복종시키는 카드를 가지고 있을 터다.

"그렇게 많지는 않아요. 당신은 합격이지만, 저는 꽤 미식가라서요. 근데 제게 넘어오지 않는 남자가 있다니, 상처받았어요."

뱀이 손으로 내 가슴을 쓸며 기댔다.

"안타깝지만 너보다 훨씬 매력적인 여성을 알고 있어서."

"어머나, 후후, 그건 어느 쪽일까요? 은색 인형? 아니면 금색 새끼 여우? 둘 다 아주 귀엽죠. 남자아이의 순애는 좋네요. 저도 모르게 망가뜨리고 싶어져요."

"디아와 타르트에게 손대기만 해 봐. 널 제거하겠어. 이 나라 자체를 인질로 잡든 말든 알 바 아니야."

살의를 보냈다.

보통 사람이라면 받기만 해도 실신할 농도였다. 살기를 완전히 감출 수 있다면 당연히 반대도 가능했다.

뱀의 미소가 약간 굳었다.

내 진심이 전해진 듯했다.

"죄송해요. 심기를 불편하게 하려던 건 아니었어요. 장난은 이쯤에서 끝내고 교섭하죠."

드디어 본론인가.

뱀이 가슴을 쓸던 손을 거두고 몸을 폈다.

"너는 마왕의 부활을 바라지 않아. 그렇지?"

만약 이 뱀이 진심으로 마왕 부활을 노린다면 내게 절대로 정체를 밝히지 않았다.

이 나라를 어느 정도 마음대로 조종할 수 있으니, 권력자를 조종해서 용사와 나를 멀리 보내고 그사이에 대도시를 몇 번 습격하면된다.

그게 가능한 위치에 있었다.

"긴말 안 해도 돼서 좋네요. 사실 저는 마왕님이 부활하지 않으셨으면 해요."

"이유는?"

"마왕이 부활하면 마족은 죽어 버려요. 저는 죽기 싫어요."

"참 알기 쉬운 이유네. 하지만 조금 더 자세히 얘기해 줘. 그렇다면 어째서 다른 마족은 마왕을 부활시키려고 하지? 이상하잖아? 다른 마족들은 자살 지망자인가?"

뱀은 귀찮다는 듯 하품했다.

"마왕이 부활하는 조건은 생명의 열매를 최소 세 개 바치는 것. 그리고 마왕이 부활하면 모든 마족을 흡수해 버려요. 마왕의 베이스가 되는 것은 가장 많은 생명의 열매를 만들어 낸 마족. 사라지기 싫으면 누구보다 많은 생명의 열매를 만들 수밖에 없어요."

……즉, 마족은 마왕의 영양일 뿐인가.

먹이를 운반하고 끝내는 자신조차 바친다.

"왜 다른 마족보다 먼저 생명의 열매를 만들려고 안 하지?"

"설령 제가 마왕의 베이스가 되더라도 그건 정말로 저인가요? 다른 마족과 생명의 열매…… 인간 수만 명의 영혼이 주입된다니 구역질이 나요. 나는 나대로 있고 싶어요. 내 안에 누군가가 들어오는 건 용납할 수 없어요. 그래서 다른 마족을 방해하는 거예요."

"이치에는 맞지만, 그렇다면 다른 마족을 설득하는 편이 빠르지 않아? 다른 마족 역시 똑같이 생각할 수도 있잖아."

"무리예요. 그 바보들은 자신이 마왕이 되려는 생각만 하고 있어요. 마족은 본래 힘을 추구하죠. 녀석들은 그 본능을 따를 뿐인 동물이에요."

"너는 다른가?"

"네. 이 이상의 힘은 필요 없어요. 인간들 속에 섞여서 그런대로 즐겁게 살고 있거든요. 영지 경영도 순조롭고, 사치도 마음껏 부릴 수 있어요. 인간의 문화에 감탄, 아니, 존경하고 심취해 있어요. 지금 같은 생활을 이어가며 인간이 만드는 문화와 오락을 모조리 즐기고 싶어요. 그게 제 바람이에요. 그래서 다른 마족이 방해돼요."

암살자의 필수 기능으로 독심술이 있다.

이 여자는 거짓말을 「거의」 하지 않았다.

"그럼 이해관계는 일치하네."

"네. 그래서 당신에게 마족이라고 밝혔어요. 용사는 새파랗게 어려서 교섭이 안 돼요. 그 계집애는 정의감에 휘둘려 파멸할 거예요. 하지만 당신은 달라. 다음은 당신 차례예요. 후후, 저는 정보를 많이 공개했으니 그쪽도 뭔가 도움이 되는 정보를 제공해야 하지 않을까요?"

확실히 그건 그렇다.

현재로서는 일방적으로 내가 득을 보고 있었다.

"그러네. 그럼 비장의 정보를 알려 주겠어. 나와 한패가 되지 않으면 마왕은 확실하게 부활하고 너는 죽어. 여신이란 녀석이 미래를 알려 줬어. 이대로 가면 마왕은 부활하고, 그 마왕을 용사가 죽인 후, 폭주한 용사에 의해 이 세계는 멸망해. ……내 목적은 그 미래를 바꾸는 거야."

"어머나, 【선택받은 자】라는 게 사실이었나요."

"그래. 나는 여신의 지시로 움직이고 있어. 그 여신의 의지로 나는 찾아올 미래를 바꾸고 있어. 마왕이 부활하는 미래를 너는 바라지 않을 테지."

절반은 거짓말이고 절반은 진실이었다.

"흐응, 그런가요. 그렇다면 협력할 수밖에 없겠네요. 후후, 재미있군요. 아직 이름을 밝히지 않았죠? 저는 미나라고 불러 주세요.

원래는 제 귀여운 노예들만 미나라고 부를 수 있지만 당신은 특별^펫

히 허락할게요."

악수를 청했기에 응했다.

좋은 협력자가 생겼다.

왕성 내의 정치와 마족의 정보, 양쪽으로 지원받을 수 있다.

그리고 암살자의 눈은 뱀의 거짓말을 간파했다.

뱀이 말한 이야기의 큰 줄기는 사실이다. 하지만 몇 군데 거짓말

이 섞여 있었다.

진정한 거짓말쟁이는 진실 속에 약간의 거짓을 섞는다.

이 뱀…… 미나는 설령 마왕이 되더라도 다른 마족이 자기 안에

들어오는 건 싫다고 했는데 그건 틀림없이 본심이다.

하지만 인간 수만 명이 들어오는 게 싫다는 말은 거짓이다. 아마

인간의 영혼이 얼마나 들어오든 개의치 않을 것이다.

그리고 지금 이대로도 행복하며 이런 나날이 계속되면 좋겠다는

말은 사실이지만, 힘을 추구하지 않는다는 말은 거짓이다. 마족의

본능으로 힘을 갈망하고 있다.

이것들을 통해 도출되는 결론은 하나. 미나의 목적은 다른 마족

을 모두 죽여 다른 마족이 섞이지 않는 상황을 만든 뒤 마왕이 되

는 것이다.

그걸 위해 이 나라와 나를 이용하려고 한다.

실로 교활했다. 그렇기에 야심이 없는 자보다 훨씬 신용이 가고

이용하기 쉬웠다.

미나는 마족이 자신만 남으면, 혹은 남은 마족을 자신의 부하들만으로도 죽일 수 있겠다고 판단하면, 쓸모없어진 나를 없애려고 할 것이다.

……나도 미나의 진의를 알기에, 이용 가치가 없어지는 대로 그녀를 암살할 생각이다.

즉, 이것은 서로를 한계까지 이용하고 결국에는 배신하는 것이 확정된 게임이었다.

"좋은 교섭을 했네요. 기념으로 이대로 사랑을 나누는 건 어떤가요? 멋진 남자가 눈앞에 있으니 몸이 달아요."

"말했잖아. 내게는 귀여운 애인이 있어."

"몸가짐이 바르네요. 아쉬워라. 인간 계집애로는 만족할 수 없는 몸으로 만들어 드릴 수 있는데."

"사양이야. 그리고 하나 지적해 두겠는데, 육체적 쾌락만이 전부가 아니야. 그 이상의 뭔가를 추구하며 사랑을 나누는 거야. 너와는 얻을 수 없는 거지."

"어머나, 진지한 얼굴로 그런 말을 하니 이 누나는 부끄러워졌어요. 젊음이란 굉장하네요."

그대로 방을 나갔다. 이용하고 이용당한다. 이 관계는 잘 이어가자.

……각설하고, 문제는 돌아간 뒤다.

분명 디아는 야한 미인을 만나러 갔다며 화내고 삐질 것이다. 타르트는 불만을 말로 표현하지는 않겠지만 슬픈 눈으로 빤히 바라보리라.

조금 귀찮지만 그건 사랑받고 있다는 증거였다. 그렇게 생각하면 사랑스럽게 여겨지니 신기하다.

Episode3

제3화 — 암살자는 다과회에 초청받는다

The world's best assassin, to reincarnate in a different world aristocrat

뱀 마족 미나와의 밀회를 끝내고 우리가 빌린 방으로 돌아왔다.

"아~ 바람둥이가 돌아왔어."

"어서 오세요, 루그 님."

디아와 타르트가 맞이해 줬다.

디아는 뾰로통한 얼굴로 뺨을 부풀렸고, 타르트는 슬픈 얼굴로 눈물을 글썽거리고 있었다. 너무나도 예상대로라서 웃음이 날 것 같았다.

타르트가 외투를 받아 벽에 걸었다.

"바람피운 거 아니야. 일이야."

"그 관능적인 사람이랑 만나는 게 무슨 일인데? 저쪽도 분명 루그한테 마음이 있어. 잡아먹을 생각이야."

잡아먹을 생각…… 확실히 그렇긴 했지.

"이 나라에서 빠르게 정보를 얻고 편하게 움직이려면 그란펠트 백작 부인의 힘이 필요해."

"거짓말. 백작에게 그런 정치력은 없어."

귀족의 계급은 위에서부터 공작〉변경백=후작〉백작〉자작〉남작〉기사.

41

원래는 디아의 말대로 큰 권력이 없다.

"부인 본인에게 권력은 없어도 부인이 농락한 남자들에게는 권력이 있어. 대체 중앙에 얼마나 많은 구멍동서가 있는 건지."

"저기, 루그 님. 구멍동서라는 게 뭔가요?"

타르트가 고개를 갸웃했다.

내가 말하기 껄끄러워하자 디아가 입을 열었다.

"으음, 같은 여자와 성관계한 사람을 그렇게 말해."

"꺄으."

조금 자극이 셌는지 타르트가 얼굴을 붉혔다.

반대로 디아는 귀족 사회에 오래 있어서 그런 이야기에 익숙했다.

"흐응, 그래서 루그도 새 동서들을 얻었구나."

"그랬으면 이렇게 빨리 안 왔지. 자세히는 말할 수 없지만 어디까지나 우리는 사무적인 관계야. 제안은 받았지만 디아의 얼굴이 떠올라서 거절했어."

디아를 끌어안자 처음에는 몸을 굳혔다가 힘을 뺐다.

"……응, 믿어 줄게."

"고마워. 타르트도 믿어 줄래?"

"물론이죠. 루그 님은 야한 분이 아니에요."

야한 사람이 아닌 것은 아니다. 젊은 육체는 그런 것에 끌렸다. 그것을 대놓고 드러낼 만큼 어리지는 않지만.

"저기, 루그 님! 노이슈 님이 편지를 보내셨어요."

"어쩔까. 거절할 이유는 많은데."

"많은 초대장이 왔으니 말이죠. 어, 루그 님이 자리를 비우신 사이에 그 밖에도 이만큼 초대장이 왔어요."

타르트가 초대장들을 책상에 늘어놓았다.

파티와 그 밖의 초대가 수두룩하게 와 있었다. 성기사이자 【선택받은 자】가 된 나를 구슬리기 위해서다.

"다과회뿐만 아니라 씨내리 의뢰까지 오는 형편인가."

"루그, 인기 많네."

"그럴 수가. 루그 님은 종마가 아닌데."

씨내리라는 것은 문자 그대로의 뜻이었다.

강한 마력을 가지고 있을수록 태어나는 아이도 그럴 확률이 높아서 그걸 노리는 것이다.

"귀족은 마력의 강함으로 지위가 좌우되기에 그걸 위해서라면 여러 가지 윤리를 무시해. 이 초대장에는 마족과 싸우다 목숨을 잃을지도 모르니 그 전에 살았던 증거를 남기고 싶지 않냐고 에둘러 적혀 있어."

"그렇게 말하니까 오히려 거부감이 드네."

"저기, 루그 님은 어떻게 생각하세요?"

"디아와 똑같아. 죽은 뒤는 생각하고 싶지도 않아."

타르트가 아쉬워하는 표정을 지었다. ……설마 살았던 증거를 남기고 싶다고 하면 협력하려는 걸까. 최근 타르트의 브레이크가 고장 나려고 했다. 조심하자.

얼추 초대장을 훑어보고 마지막으로 노이슈의 편지를 보았다.

참가자 일람이 적혀 있었다.

전부 젊은 실력파라고 불리는 이들이었다. 참으로 노이슈다웠다.

그리고…….

"타르트, 노이슈에게 편지를 썼어. 보내 줘."

"네. 어? 참가하시는 건가요?"

"흐응, 괜찮겠어? 애들만 모인 그런 기사 놀이 말고 좀 더 연줄을 만들 수 있는 모임도 있는데."

"통렬하네……. 무시할 수 없는 이름이 있었어. 그란펠트 백작 부인의 이름이 그란바렌 후작과 함께 적혀 있어."

노이슈가 위험하고, 노이슈가 모은 유능한 젊은이들도 신경 쓰인다.

그 밤, 헤어질 때 굉장히 의미심장하게 웃었는데, 다시 만날 것을 알고 그런 건가.

"우우, 역시 그런 야한 여자가 좋구나."

"……루그 님의 취향은 그런 야한 사람. 노, 노력할게요!"

"개인적으로 만나고 싶은 게 아니야. 내버려 두면 위험해. 세상 물정 모르는 양 떼 속에 늑대가 있는 격이야."

자칫 잘못하면 노이슈 이하 유망한 젊은이들이 전부 그 여자의 독니에 물릴지도 모른다.

디아가 나를 의심스럽게 보았다. 그 여자가 마족이라는 것을 이야기하면 납득하겠지만 계약상 그럴 수는 없었다.

상대가 누구든 나는 계약을 준수한다. 그러니 다른 방법으로 설득하자.

디아와 키스했다. 너무 갑작스러웠기에 디아의 눈이 휘둥그레졌고, 타르트는 손으로 얼굴을 가리고서…… 틈새로 확실하게 보고 있었다.

"신용이 없네. 내가 제일 사랑하는 사람은 디아라고 했잖아. 저쪽 방으로 가자. 행동으로 증명할게."

그렇게 말하며 디아를 안아 들었다.

디아는 저항하지 않았다.

"정말, 루그는 가끔 강제로 밀어붙여."

"싫어?"

"……싫지 않아. 나도 루그가 사랑해 줬으면 좋겠어."

"그럼 가자."

디아와 사랑을 나누는 것은 오랜만이다.

투아하데 저택에서는 하기 어려웠다. 투아하데 저택은 회의실과 아버지의 집무실, 고문실 등을 제외하고 그다지 방음 성능이 좋지 않았다.

……그리고 방음 성능이 좋지 않은데 귀를 쫑긋 세우고 있는 사람이 둘 있었다.

하지만 이곳은 왕성. 안심하고 사랑을 나눌 수 있다.

"저, 저기! 저는 편지를 보내고 올게요!"

타르트가 얼굴이 새빨개져서 편지를 들고 나갔다.

신경 써 준 것이다.

그 배려가 헛되지 않게 마음껏 사랑을 나누자.

Episode4

제
4
화
──
암
살
자
는
충
고
한
다

The world's
best
assassin, to
reincarnate
in a different
world
aristocrat

이튿날, 나는 왕도에 있는 게피스 공작가의 별저를 찾았다.

다과회는 그 광대한 정원에서 열렸다.

무예로 유명한 집안이라서 그런지 정원은 훈련장으로서의 측면도 가지고 있어서 목검을 맞부딪치며 땀을 흘리는 자들이 있었다.

이곳에 모인 이들은 대부분 젊고 재능 있는 귀족들이었다.

힘과 자기 현시욕이 넘쳐 나는 젊은이들은 그저 차를 마시며 이야기하는 것만으로는 만족하지 못할 것이다.

"정말, 루그도 타르트도 왜 아슬아슬한 시간까지 안 깨운 거야. 허둥지둥 급하게 화장해야 했어."

드레스를 입은 디아가 원망스럽다는 듯 이쪽을 보았다.

"디아의 자는 얼굴이 귀여워서 넋 놓고 보고 있었어."

"저기, 그게, 어제 두 분은 사랑을 나눴고, 루그 님과 디아 님의 방에 들어가면 안 될 것

47

같아서요."

"윽, 그렇게 말하면 두 사람에게 화낼 수 없잖아."

디아는 납득하고 손거울로 얼굴을 보았다. 평소에 디아는 화장을 안 하지만 이런 자리에 참석할 때는 별개였다.

"그나저나 드레스를 입은 디아 님은 역시 예뻐요. 요정 같아요."

오늘 디아는 청순가련했다.

노출이 적은 하늘색 드레스가 잘 어울렸다.

또한 평소에는 안 하는 화장을 해서 어딘가 어른스러운 분위기를 풍겼고 그것이 좋은 갭을 만들었다.

파티에 참가한 젊은이들의 눈길을 사로잡고 있었다. 애인으로서 자랑스럽지만, 해충이 꼬이지 않게 조심하자.

"고마워. 타르트도 꾸미면 더 예뻐질 거야. 루그, 성기사 수당 잔뜩 받았지? 타르트한테 드레스 좀 사 줘."

"그러네. 드레스 입은 타르트도 보고 싶고."

"그, 그럴 순 없어요. 저는 하녀고. 그리고 드레스는 안 어울리니까요."

"하녀가 드레스를 입으면 안 된다는 규칙은 없어. 좋아, 정했어. 다음 파티 때는 타르트에게 드레스를 입히자. 마하한테 부탁해서 타르트 전용으로 디자인한 최고급 드레스를 준비해 달라고 해야겠어."

그렇게 준비한 것이 오늘 디아가 입은 드레스였다.

이 정도 드레스는 명문 귀족이 모인 왕성 파티에서도 좀처럼 볼 수 없었다.

단순히 돈이 많다고 가질 수 있는 것이 아니라 상응하는 연줄과 사전 교섭이 필요했다.

　"저기, 정말로 아까워요. 제가 드레스를 입어도 안 어울릴 거예요."

　"타르트는 예뻐. 왕도에서 열린 파티에도 타르트보다 예쁜 하녀는 없었어. 무엇보다 내가 드레스 입은 타르트를 보고 싶어."

　"응응, 빼지 마. 타르트는 예뻐. 그리고 가슴도 크고, 가슴도 크고, 가슴도 크니까, 섹시한 드레스가 잘 어울릴 거야."

　"아하하하, 감사합니다."

　가슴을 연호하는 디아를 보고 타르트가 어색하게 웃었다.

　디아는 가슴이 작은 게 콤플렉스였고, 드레스를 고를 때도 가슴이 파인 드레스를 아쉽다는 얼굴로 줄곧 봤었다.

　그렇게 이야기를 나누다 보니 노이슈와 그 패거리가 있는 정원 중앙에 도착했다.

　"잘 왔어. 루그."

　"네가 여는 파티에 관심이 있었거든."

　방금 그건 예의상 한 말이었다. 내 최대의 걱정거리는 노이슈가 아니라 그 뒤에서 젊은 기사들에게 둘러싸여 미소 짓고 있는 요염한 여성. 뱀 마족 미나였다.

　청년들은 미나의 색향에 넘어가 열을 올리고 있었다.

　조금 전까지 디아에게 매료되어 멀찍이서 따라오던 자들도 미나에게 정신이 팔렸다.

　미나가 더 미인이라서가 아니라 페로몬의 힘이었다.

미나가 생긋 웃으며 손을 흔들었기에 인사했다. 디아가 나와 팔짱 낀 손에 힘을 줬고 타르트가 소매를 세게 당겼다.

"모두에게 너를 소개해도 될까?"

"그건 상관없는데."

노이슈가 내 등을 밀어 한층 높은 곳으로 안내했다.

"다들 주목. 소개할게. 내 학우이자 마족을 죽인【성기사】, 루그 투아하데야."

그 말에 파티에 참가한 모든 이의 시선이 모였다.

그 눈에는 동경이 담겨 있었다.

아무래도 젊은지라 귀족들에게서 흔히 보이는 욕망이나 타산에 찬 눈길이 아니라 그림책 속 기사를 보는 듯한 어린아이 같은 감정을 내게 보냈다.

내게 요구되는 것은 그런 연출이리라. 조금 서비스하자.

"루그 투아하데야.【성기사】로 임명받아 마족과 싸우고 있어."

여기 있는 이들은 모두 나보다 신분이 높은 귀족이지만 일부러 평소처럼 말했다.

여기서 요구하는 역할은 우상이다. 그들은 내가 자신을 낮추기를 바라지 않는다. 짧은 인사인데도 분위기가 달아올랐다.

"내가 루그 투아하데를 부른 건 그에게 우리를 알리기 위해서야. ……아우구이드 기사단, 발검 준비."

한곳에 모인 청년들이 노이슈의 호령에 맞춰 일사불란하게 정렬했다.

"총원, 발검!"

파도처럼 끝에서부터 이름을 밝히며 검을 뽑아 가슴 앞에서 딱 멈췄다.

아름다운 동작이었다. 육체가 잘 단련됐고 중심이 확실하게 잡혀 있기에 가능한 것이었고, 이 동작을 수천 번 반복했기에 군더더기가 없었다.

이 자리에 있는 전원이 상당한 기량을 가진 기사임은 틀림없고 좋은 스승을 뒀다. 아마 노이슈가 수배했을 것이다.

"우리 아우구이드 기사단은 이 검을 나라의 평화에 바친다!"

노이슈가 마지막으로 그렇게 말하며 끝맺었다. 젊은 귀족들은 자아도취에 빠진 얼굴이었다.

……아아, 과연, 그런 건가.

아우구이드는 옛날이야기에 나오는 이상적인 기사다. 그 이름을 쓴 것을 보면 이 기사단에 모인 자들이 어떤 의식을 가졌는지 알 수 있다.

"루그, 이게 나의 기사단, 아우구이드 기사단이야. 여기 있는 것은 왕도에 별저를 가질 수 있는 명문가의 자식과 학원에서 발견한 재능 있는 자들이야. 그들을 아울러 게피스 가문이 스폰서가 되었고, 제2의 마법기사단으로 인정받았어."

사정은 대강 짐작이 갔다.

마족이 부활하며 마물의 출현 빈도가 대폭으로 증가했다.

본래 마물은 각 영지가 보유한 전력으로 대응해야 하지만 현실적으로 버거웠다. 그래서 각 영지는 나라에 도움을 구했고 기사단이 각지에 파견되고 있었다.

그러나 기사단은 무한하지 않아서 전부 대응하지는 못하고 있었다.

그런 타이밍에 노이슈가 움직였다.

아직 집안을 잇지 않아서 마음대로 굴 수 있는 도련님들과 평민 출신이라 굴레가 없는 이들. 그렇게 힘을 가졌지만 쓸 곳이 없는 이들을 모아서 쓸모 있게 만들었다.

심지어 게피스 가문이 돈을 댄다고 하니 중앙이 새로운 기사단 설립을 거부할 이유도 없었다.

하물며 어쨌든 용사 파티의 일원인 노이슈가 꺼낸 제안이었다.

"이 기사단은 아직 작아. 하지만 다들 힘과 정열이 있는 기사고, 얼마 전에도 크게 활약했어. 앞으로도 실적을 쌓아 올릴 거야. 언젠가는 이 나라의 정규 기사단조차 뛰어넘는 힘과 명성을 손에 넣을 거야."

……노이슈는 그 힘을 배경으로 나라를 바꿀 생각이리라.

아마 노이슈 본인은 다른 이들처럼 동화 속 기사님을 동경해서가 아니라, 자존심으로 똘똘 뭉친 힘 있는 젊은이들을 다루는 방편으로 기사단을 사용하고 있다.

어느 시대든 정의나 동경 같은 것은 젊은이를 다루는 편리한 도구다.

"그래서 나도 아우구이드 기사단에 들어오라고?"

"그런 말은 안 해. 하지만 언젠가 마족이 출현하면 우리는 너와 함께 싸우게 될 거야. 그러니까 오늘은 모두에게 너를 소개하고 싶었어. 용사가 왕도를 떠나지 못하는 이상, 너야말로 이 세계를 지킬 비장의 카드고, 우리의 임무는 너를 돕는 거야."

아우구이드 기사단의 단원들이 자랑스러워하며 고개를 끄덕였다.

마족을 쓰러뜨린 실적이 생기면 아우구이드 기사단의 명성은 단숨에 높아질 것이다.

잘하면 본래 있던 기사단 이상의 발언권을 얻을 수 있다. 노이슈의 생각은 이해한다.

그렇기에 나는 친구를 생각해서 말을 골랐다.

"필요 없어. 우리와 마족의 싸움에 끼어들지 마. 방해돼."

그래. 이것이야말로 노이슈를 위한 말이다.

분위기가 얼어붙고 노이슈의 표정이 얼어붙었다.

이렇게 될 줄은 알았다. 그래도 말하지 않을 수 없었다.

이렇게라도 말하지 않으면 저들은 조만간 죽는다.

미움받더라도 저들이 죽는 것보다는 낫다.

저들은 모른다. 결국 저들이 하고 있는 것은 기사 놀이에 불과함을.

Episode5

제 5 화 ─ 암살자는 내가 한다

The world's best assassin, to reincarnate in a different world aristocrat

조금 전까지 동경 어린 눈으로 바라보던 아우구이드 기사단의 표정이 바뀌었다.

동경 대신 떠오른 것은 곤혹과 고요한 분노였다.

그들이 성기사인 내게 바란 것은 거절의 말이 아니었다.

『함께 싸우자.』

『기대할게.』

이런 말이었다.

풍파를 일으키고 싶지 않다면 그렇게 말했어야 했다.

하지만 그러지 않았다. 저들을, 무엇보다 친구인 노이슈를 죽이지 않기 위해서.

"하하하, 농담이 심하네. 우리를 독려하려고 그런 말을 한 거지?"

노이슈가 상황을 무마하기 위해 웃으며 말을 걸어왔다.

"아니, 진심이야. 직접 마족과 싸우고 든 생각인데, 조금 실력 있는 기사 수준으로는 짐짝밖에 안 돼. 마족과 싸우면서 너희까지 지킬 여유는 없어."

장수풍뎅이 마족과의 싸움을 떠올렸다.

타르트가 전위가 되어 싸웠었다.

타르트는 【나를 따르는 기사들】의 힘으로 능력을 끌어올렸고 게다가 S랭크 스킬 【야수화】를 사용했다. 그런데도 부족해서 도핑까지 했다.

그렇게 해도 겨우 시간만 벌며 밀렸다.

S랭크 스킬은 원래 1억 명 중에 한 명만 가지는 영웅의 힘이다.

그런 영웅의 힘을 이중으로 끌어올려도 제압할 수 없었다. 그게 마족이다.

저들 수준으로는 상대도 되지 않을 것이다.

"그럼 네가 데리고 있는 타르트와 디아는? 네가 제출한 보고서에는 그녀들의 활약이 중요했다고 적혀 있었어. 타르트와 디아가 얼마나 우수한지는 알아. 하지만 나는 그녀들에게 필적, 아니, 능가하는 힘이 있다고 자부하고, 아우구이드 기사단은 내가 인정한 강자들뿐이야."

학원에서의 성적으로 따지면 노이슈는 타르트와 디아보다 뛰어났다.

그러나 그녀들은 학원에서 진짜 실력을 보이지 않았고, 학원이 휴교한 뒤로 더욱 강해졌다.

"그럼 물을게. 이 중에 【마족 살해】를 쓸 줄 아는 사람은 있어?"

나와 디아가 개발한 마법이자 표면상으로는 여신에게 받은 마법.

이미 국내외에 알려졌다.

그리고 마족을 쓰러뜨려 명성을 높이고자 하는 아우구이드 기사단이라면 반드시 시도했을 것이다.

"……우리 기사단에 그 마법을 쓸 수 있는 사람은 없어."

"그럼 어떻게 마족을 죽이려고? 내 보고서를 읽었다면 알 텐데. 우리는 타르트가 마족의 발을 묶고, 디아가 【마족 살해】를 발동하고, 내가 끝장냈어. 최소한 【마족 살해】를 쓰지 못하면 이야기가 안 돼."

"아니, 하지만. ……그래, 우리가 마족의 발을 묶는 건 어때? 다음부터는 타르트가 했던 역할을 우리가 하는 거야. 타르트가 혼자서 맡는 것보다 훨씬 효율이 좋아."

나는 고개를 저었다.

"말했잖아. 마족과의 싸움은 아슬아슬해. 짐짝을 챙길 여유는 없어."

"나와 기사단의 힘이 타르트 한 명보다 못하다는 거야?"

"그래."

역시 방금 그 한마디는 노이슈의 자존심을 크게 건드린 것 같았다.

노이슈가 장갑을 던졌다.

그 끝에는 타르트가 있었다.

"……정정하지 않겠다면 결투를 신청하겠어. 내게도 기사로서의 프라이드가 있어."

"엇, 저, 저기, 저 말인가요?"

"내가 타르트와 결투해서 이기면 네 말이 틀렸다는 걸 증명할 수 있잖아? 내가 이기면 우리와 협력해서 마족과 싸워 줘야겠어."

타르트가 곤혹스러워하며 내 얼굴을 보았다.

"내게는 받아들일 이유가 없어."

"내가 지면 뭐든 원하는 걸 말해. 게피스 가문의 힘으로 이루어 주겠어."

공작가의 힘인가.

웬만한 요구는 통하겠지만 그렇다고 해도 별로 매력적이지는 않았다.

다만 이 상황을 수습하려면 받아들일 수밖에 없었다.

"타르트, 부탁할게. 결투를 받아 줘. 물론 전력으로."

"앗, 네! 열심히 할게요. 하지만, 저기, 진심으로 싸워도 괜찮을까요?"

타르트에게 나쁜 뜻은 없었다.

하지만 그 말은 노이슈가 도저히 용납할 수 없는 말이었다.

타르트가 전력으로 싸우면 【야수화】를 쓰고, 그러면 봐줄 수가 없다.

큰 부상을 입힐 가능성이 있어서 그걸 걱정하는 것이었다.

노이슈에게는 자신을 우습게 보는 말로 들렸으리라.

"……타르트 양. 나를 아주 과소평가하고 있나 보네. 너한테만큼은 그렇게 여겨지고 싶지 않았어."

"앗, 저기, 죄송해요. 그런 뜻으로 한 말이 아니라."

"됐어. 더 말하지 않아도 돼. 결투로 내 힘을 증명하겠어."

노이슈는 그 말만 하고서 정원에 있는 링에 올랐고, 기사단원 한 명이 그에게 목검을 건넸다.

타르트는 한동안 울상을 짓고 안절부절못했으나 내가 고개를 끄덕이자 링에 올랐다.

그런 타르트를 보고 노이슈는 당황한 표정을 지었다.

"미안. 내 생각이 부족했어. 그 차림으로는 못 싸우겠지. 먼저 옷을 갈아입고 와."

노이슈는 예복을 입고 있지만, 게피스 가문은 그 무예가 긍지이기에 예복도 전투를 전제로 만들어져 있었다.

그러나 타르트가 입은 옷은 메이드복이었다.

"아뇨, 괜찮아요. 루그 님이 만들어 주신 옷은 보기에는 이래도 웬만한 갑옷보다 훨씬 튼튼해요."

그리고 그것은 타르트의 메이드복도 마찬가지였다.

타르트는 이 모습으로 내 곁에 시립해 있을 때가 많다. 그렇기에 옷에 전투력을 줬다.

마물의 소재를 사용하고 마법으로 강화하여 활동성과 방어력을 양립시켰다.

……다만 한 가지 문제가 있다면 치마라는 점이었다.

여성에게 바지를 입혀서 공식 석상에 내보이는 것을 이 나라에서는 천박하게 여기기에, 전투를 고려하면서도 치마를 선택할 수밖에 없었다.

방검 니삭스가 있어서 방어가 불안하지는 않지만 격렬하게 움직이면 치마가 뒤집힌다.

여기 있는 이들이 타르트의 속옷을 보는 것은 싫다. 남몰래 바람을 조종해서 원호하자.

"그 옷이 방어구일 줄은 몰랐어. 그렇다면 진심으로 싸울 수 있겠네."

노이슈가 안도의 숨을 내쉬었다.

이렇게나 자존심이 상했으면서도 타르트를 걱정할 줄이야. 아니, 의외는 아닌가.

……노이슈는 처음 봤을 때부터 어째선지 타르트에게 끌리는 모습을 보였다.

다만 이성에게 보내는 관심과는 조금 달라서 신경 쓰였다.

그래, 그건 굳이 따지자면 엄마를 원하는 아이 같았다.

어쩌면 타르트는 노이슈의 모친과 닮았을지도 모른다.

"타르트, 전력으로 일격에 끝내."

"네, 루그 님."

"루그는 끝까지 날 무시하는구나."

"무시하는 건지 아닌지는 싸워 보면 알 거야."

타르트가 나무창을 받았다.

그리고서 심호흡하여 집중력을 높였다.

"저, 저기, 노이슈 님. 저는 시합이 시작됨과 동시에 한 걸음에 간격을 좁히고 간신히 창이 닿는 위치에서 중단으로 창을 휘둘러 몸통을 노릴 거예요. 그러니까 막아 주세요. ……죽이고 싶지 않으니까요."

노이슈의 얼굴이 분노로 물들었다.

아까부터 상당히 비위가 상했던 것 같은데 방금 그 말로 폭발한 듯했다.

"……이 이상의 대화는 필요 없겠지. 나는 결투의 결과로 긍지를 되찾겠어."

그리고서 그는 검을 들었다.

기본적인 중단 자세. 빈틈은 없었다.

두 사람은 대치하여 마주 보았다.

기사단원 한 명이 심판을 맡는 듯했다.

깃발을 들었다.

내리면 시합이 시작된다.

타르트가 눈길을 보냈기에 고개를 끄덕였다.

그러자…… 여우 귀와 꼬리가 나타났다.

누군가가 귀엽다고 말하는 소리가 들렸다.

이런 상황에서도 그런 감상이 나오는 것을 보면 여우 귀, 여우 꼬리와 타르트의 상성은 발군인 모양이다.

노이슈를 보니 깊이 집중해서 마음이 흐트러지지는 않은 것 같았다.

평소에는 쭈뼛거리는 타르트의 눈이 가학적인 사냥꾼의 눈이 되었다.

【야수화】의 부작용인 광폭화와 흥분.

평소의 타르트라면 주저해서 전력을 다하지 못하겠지만, 지금의 타르트라면 가차 없이 최고의 일격을 가할 것이다.

"시작!"

깃발이 내려갔다.

그 순간, 타르트가 사라졌고 뒤늦게 소리가 났다.

신속한 돌격.

투아하데의 눈이 아니었다면 좇을 수 없었다.

신속하면서도 몹시 정밀했다. 간신히 창이 닿는 거리로 일방적으로 파고들었다.

그리고 선언한 대로 중단으로 창을 휘둘렀다.

노이슈가 아슬아슬하게 방어했다.

노이슈의 기량이 높고, 무엇보다 미리 타르트에게 들었기에 막을 수 있었던 것이다.

목검과 나무창이 부딪치며 끼긱 소리와 함께 부서지기 시작했지만 타르트는 그대로 끝까지 휘둘렀다. 나무창은 완전히 부서지기 전에 목검째 노이슈를 날려 버렸다.

산산이 부서진 파편과 함께 노이슈는 링에서 튕겨 나갔고, 그대로 몇 번 바운드되어 정원에 마련된 창고에 부딪쳤다.

"제가 이겼어요. 루그 님, 분부하신 대로 일격으로 끝냈어요!"

천진난만한 목소리로 밝게 말하며 복슬복슬한 여우 꼬리를 흔들었다.

그런 타르트를 보는 기사단원들의 얼굴에는 경악과 공포가 어려

있었다.

성기사라면 모를까, 그 하녀조차 그들 중에서 최강인 노이슈를 간단히 이겼다.

노이슈는 옆구리를 부여잡고 발을 질질 끌며 이쪽으로 왔다.

갈비뼈가 부러진 것 같았다.

"노이슈, 이게 타르트의 힘이야. 그리고 그런 타르트도 마족에게 압도되어 몇십 초 붙잡아 두는 게 고작이었고, 그 이상 싸웠다면 죽었을 거야. 이게 무슨 뜻인지 알아?"

기사단원들의 얼굴에 절망이 떠올랐다.

마족이 강하다는 것을 알고는 있어도 얼마나 강한지를 착각하고 있었던 것이다.

구체적인 강함을 보고 현실에 짓눌렀다.

이제는 누구도 마족을 쓰러뜨려 공을 세우자는 생각을 하지 않았다.

노이슈가 공허한 눈으로 링에 돌아와 타르트의 손을 잡았다.

"말해! 어떻게 그 힘을 손에 넣었지? 나는, 내게는 힘이!"

그 말을 끝으로 정신을 잃었다.

"어서 치료술사를."

"의사도 빨리 준비시켜."

"들것, 들것 없어?!"

기사단원들이 마침내 치료마법사를 부르러 갔다.

타르트는 【야수화】를 사용 중인데도 겁먹은 모습이었다.

노이슈의 표정은 그만큼 귀기가 감돌았다.

여우 귀와 꼬리가 사라지며 내게 돌아왔다.

"저기, 루그 님. 잘한 일일까요."

"그래. 현실을 아는 편이 좋아. ……이 정도로 하지 않았다면 노이슈와 단원들은 공을 세우기 위해 자기들끼리 마족에게 덤볐다가 죽었을 거야."

충격 요법이지만 이 방법밖에 없었다.

나한테 지더라도 성기사는 특별하다고 타협할 수 있다. 하지만 타르트에게 지면 아무런 변명도 할 수 없다.

이걸로 자기 분수를 알면 좋겠는데.

"조금 불쌍해요."

"타르트는 착하네."

타르트의 머리를 쓰다듬자 간지러워하며 응석을 부렸다.

우리는 돌아가자.

이 이상 여기 있을 분위기가 아니었다.

나중에 노이슈를 케어해 줘야겠지.

그리고…….

"너는 왜 여기 있지?"

이곳에 온 목적을 완수해야 한다.

노이슈에게 기사단원들이 모이면서 혼자 심심하게 있는 뱀 마족, 미나 곁으로 갔다.

"으음~ 취미죠. 기름이 번들거리는 아저씨들과 노는 것보다 젊고

정열적인 분이 더 당기거든요. ……그리고 저 아이의 마지막 표정. 절망하여 울려고 하면서도 강한 힘에 대한 끝없는 갈망과 야심이 넘쳐흘러서. 아주아주 맛있어 보였어요. 저도 모르게 설렜다니까요."

"저건 내 친구야. 손댈 거면 상응하는 각오를 해야 할 거야."

"거기까지 당신에게 간섭받을 이유는 없는데요. 계약 외 사항이에요. 그리고 딱히 나쁜 짓은 안 해요."

"확실히 계약 외 사항이지. 하지만 나도 계약과 상관없이 멋대로 하겠어."

"네, 후후, 기대되네요."

……루그로서가 아니라 이르그 발로르의 정보망을 사용해서 한동안 노이슈를 감시하자.

이 뱀 마족이 파고들 틈이 없도록.

그리고 또 다른 예방선을 준비했다.

허둥거리고 있는 기사단원 하나를 붙잡았다.

"노이슈가 일어나면 전해 줘. 결투의 상품으로 내가 요구하는 건, 앞으로 노이슈와 아우구이드 기사단이 그란펠트 백작 부인과 상종하지 않는 거야."

"아, 치사해요."

"아까 네가 말했잖아. 이건 계약 외 사항이야. 나와 노이슈의 약속에 참견할 권리는 없어."

"뭐, 그렇죠. 모처럼 놀 수 있을 줄 알았는데. 이번에는 순순히 물러나겠어요."

이로써 미나의 독니로부터 노이슈 패거리를 지킨다는 목적은 달성했다.

노이슈는 기사로서 한 맹세를 지킬 터다.

"타르트, 디아, 돌아가자."

"네, 루그 님."

"가는 길에 어디 들렀다 가자. 밥 못 먹었잖아."

셋이서 게피스의 별장을 뒤로했다.

앞으로 노이슈와 기사단은 어떻게 될까?

못은 박았다.

그래도 무모한 짓을 한다면 어쩔 도리가 없다.

내가 할 수 있는 것은 여기까지다.

부디 친구가 길을 잘못 들지 않기를.

Episode6

제6화 ─ 암살자는 받아들인다

The world's
best
assassin, to
reincarnate
in a different
world
aristocrat

노이슈에게 초대받은 다과회에 갔다가 성에서 빌려준 방으로 돌아왔다.

……마지막에 노이슈가 보였던 힘에 대한 갈망이 신경 쓰였다. 힘에 대한 갈망이 그의 궁지보다 더 강하다면 미나가 그 점을 파고들 가능성이 있다.

어쨌든 마족이다. 인간에게 힘을 줄 수도 있을 것이다.

감시를 준비하기 위해 은밀한 통신망을 사용해서 마하에게 연락했다.

그러면서 각자의 방에서 따뜻한 물과 수건으로 몸을 씻고 옷을 갈아입은 뒤 공동 공간에 모였다.

잡담하며 향후 일정에 관해 이야기했다.

"이 방, 너무 편해서 계속 여기서 살고 싶어져. 부탁하면 뭐든 해 주고, 받을 수 있고."

"사용인으로서는 자신의 존재 의의가 흔들릴 것 같아서 심란해요……."

"확실히 이곳은 쾌적하지만 나는 투아하데가 더 편하고 타르트가 만들어 주는 식사가 더 좋아."

"그렇게 말씀해 주시니 기뻐요."

"역시 루그도 가정적인 아이를 좋아하는구나. 요리를 배워야겠어. 남자는 집밥으로 사로잡으라고 어머니도 말했었고."

"크흠! 어쨌든 내일 일정을 얘기하자."

……오늘은 노이슈의 다과회에 참가했는데, 실은 절대 거절할 수 없는 종류의 초대가 하나 더 와 있었다.

"내일은 로마룽그 공작과 면회할 거야. ……왕족의 이름과 함께 초대장을 보낼 줄이야. 이건 도망칠 수 없어. 면회 이유도 무시할 수 없고."

초대장을 보낸 곳은 노이슈의 집안인 게피스 가문과 같은 4대 공작가 중 하나.

그것도 투아하데의 은밀한 얼굴과 관련이 깊은 가문이었다.

투아하데는 이 나라를 위해서만 칼날을 휘두른다. 그렇기에 왕족의 명령으로만 움직였다.

하지만 왕족의 명령이 그대로 전부 전해지는 것은 아니었다.

4대 공작가 중 하나인 로마룽그 공작가가 정말로 나라를 위한 일인지를 판단하여 투아하데에 의뢰했다.

그리고 우리가 암살을 끝내면 로마룽그 공작이 뒤처리를 맡아 국익으로 연결했다.

즉, 투아하데의 상사에 해당하는 존재였다.

"있지, 나도 따라가면 안 돼?"

"어려워. 저쪽에서 종자를 한 명만 허락한다고 했어."

"거역하고 따라가면 어떻게 될 것 같아?"

"편지에는 왕가의 인장이 찍혀 있어. 왕명에 거역한다면 최대한 좋게 끝나도 내가 사형당할 거야."

"윽, 그렇게 말하니 억지는 못 부리겠네. 타르트, 내 몫까지 루그를 지켜 줘."

"네! 맡겨 주세요! 목숨과 바꿔서라도 루그 님을 지키겠어요."

늘 그렇듯 타르트는 열심이었다.

"의욕은 기쁘지만 자신을 아껴 줘. 소중한 타르트가 다친다면 슬플 거야."

"흐아으, 그럴 수가. 소중하다니."

타르트가 얼굴을 붉히고 양 뺨을 눌렀다.

"루그는 가끔 아무런 의도 없이 그런 말을 하더라."

"호의는 웬만하면 솔직하게 전하려고 해. 디아랑 타르트랑 마하에게는 특히나."

우리는 팀이다. 가능한 한 비밀은 만들고 싶지 않다.

……여러 가지로 숨기고 있기에 더더욱 그렇게 생각한다.

"흐응. 하지만 그렇게 마음만 부추기고 줄곧 방치하는 건 슬슬 불쌍해. 타르트 쪽에서도 강하게 밀어붙여야 해. 최근에 루그는 그 관능적인 누님만 신경 쓰고 말이지. 나로는 부족한가 봐. 타르트의 색기가 필요해."

"새, 색기요?"

"응응, 나는 타르트라면 괜찮고, 그딴 아줌마한테 뺏길 바에야 타르트로 만족해 주는 편이 훨씬 나아."

"……그란펠트 백작 부인을 그런 눈으로는 안 본다니까 그러네."

"응, 알아. 확신했어. 루그는 그 사람을 적으로 여기고 있어. 방금 그건 루그를 놀린 거야. 나는 슬슬 방에 돌아갈게. 낮에 떠오른 마법을 구현하고 싶거든."

디아는 자기가 하고 싶은 말만 하고서 방으로 돌아갔다.

"그리고 오늘은 집중하고 싶으니까 귀마개를 낄 거고, 일단 마법 연구에 집중하면 아무것도 안 들리게 돼. 힘내."

그렇게 의미심장한 말을 남기고서.

디아가 사라진 뒤 타르트를 보니 얼굴이 더 빨개져 있었다.

타르트는 목소리를 쥐어짜 말했다.

"저기, 루그 님. 그, 제가 야한 일을 암살에 사용하면 루그 님에게 더 보탬이 될 수 있다고 했던 거 기억하시나요?"

"기억해. 나는 그걸 말렸어."

미인계는 매우 강력한 암살 수법이라서 태곳적부터 사용되었다. 타르트의 미모와 색기, 무의식적으로 남자의 가학성을 부추기는 동작은 천성적이다. 대상이 남자라면 무기가 될 수 있다.

하지만 타르트의 성격과는 맞지 않았다.

무엇보다 내가 타르트에게 그런 일을 시키고 싶지 않았다.

"말리시고 나서, 제가 암살자로서 미인계를 배우는 게 아니라 루그 님의 메이드로서 루그 님에게 봉사하고 싶다고 하니 루그 님은 이렇게 말씀하셨어요. 『그건 언젠가. 남자에게 깔렸다고 덜덜 떠는 여자를 품을 생각은 안 들어서.』

"확실히 그렇게 말했지."

놀랍게도 토씨 하나까지 똑같았다.

"그 「언젠가」가 지금이면 안 될까요?"

"왜 갑자기?"

"갑자기가 아니에요! 줄곧 루그 님께 사랑받고 싶었지만, 조금 무서워서, 무서워지지 않으면 루그 님이 말한 「언젠가」가 올 테니까 안 무서워지도록 노력했어요. 사랑해 달라고 말하고 싶은 걸 참았어요. 하지만 루그 님은 디아 님과 그런 일을 하고, 다른 사람과도. 그리고 야한 여성만 보고. 더는 기다리기 싫어요."

……아무렇지도 않은 것처럼 굴었지만 디아와 뱀 마족 미나를 신경 쓰고 있었나.

후자는 정말로 억울하지만.

"후우, 타르트. 오늘은 일단 진정하자."

타르트가 세상이 끝난 듯한 표정을 지어서 가슴이 아팠다.

말이 부족했던 모양이다.

"타르트와 사랑을 나누는 게 싫은 건 아니야. 【야수화】의 영향이 남아 있지? 냉정하지 못했다는 판단이 든다면 후회할 거야."

"그런 거 상관없어요! 한참 전부터 생각했던 말이야! 그리고 이런 건 이성이 날아간 지금이 아니면 못 말해요!"

……흥분한 나머지 말투가 이상한 데다가 마지막에는 엄청난 말

73

을 했다.

"전에는 무서워했는데, 정말로 괜찮겠어?"

"공부했어요! 그리고 지금은 루그 님을 갖고 싶고 먹고 싶다는 생각만 들어서 전혀 무섭지 않아요!"

"공부인가. 그래서 어제 내가 디아와 사랑을 나눌 때 문에 귀를 대고 들었구나."

"햐으?! 맙소사, 말도 안 돼. 눈치채고 계셨어요?"

"눈치 못 챌 리가 없잖아. 나는 암살자야."

"아으, 저기, 그게, 죄송해요. 너무 신경 쓰여서."

"이번에는 용서할게. 다음부터는 하지 마. 꼭 듣고 싶다면 디아에게 허락받아."

"이제 안 해요!"

타르트가 즉답했다.

그런 타르트를 강제로 꽉 끌어안았다.

그리고 손으로 타르트의 몸을 애무했다.

"정말로 괜찮은 거지?"

저번에는 몸을 굳히고 떨었지만 이번에는 달랐다.

타르트는 부드럽게 내 포옹을 받아들이고 마주 안았다.

"이제 루그 님을 무서워하지 않아요. 그러니까 부탁드려요."

"알겠어. 그럼 방에 갈까."

"네……! 저를 통해 기분 좋아지셨으면 해요."

여기서 상냥하게 해 달라고 말하지 않고 내가 기분 좋아졌으면 한다고 말하는 것이 타르트다웠다. 나를 제일로 생각했다.

정말로 착한 아이다. 그렇기에 소중히 여기고 싶고 귀여워하고 싶다.

처음이어도 최고의 경험이 되도록 리드하자.

Episode7

제
7
화
──
암
살
자
는
밀
회
한
다

The world's
best
assassin, to
reincarnate
in a different
world
aristocrat

평소 일어나는 시간에 눈을 떴다.

옆을 보니 타르트가 알몸으로 팔을 껴안고 있었다.

행복하게 헤실헤실 웃으며 침을 흘리고 있었다.

……완전히 안심한 모습이 귀여웠다.

"루그 니임~ 나의 루그 니임~."

껴안는 힘이 엄청났다.

헤실헤실 웃으며 뺨을 비비고 아프지 않게 물었다. 마치 자기 것이라고 주장하듯.

자면서 이런 짓을 하다니 솜씨도 좋다.

본인은 숨기려고 하지만 타르트는 독점욕이 꽤 강한 타입이었고, 사랑을 나눔으로써 그 생각이 강해진 것 같았다.

"후우, 깼다가 다시 자는 건 별로 안 좋아하는데."

타르트를 깨우지 않고 침대에서 나가기는 어려울 듯했다.

로마룽그 공작과 만나기까지 시간도 있고, 타르트의 자는 얼굴을 느긋하게 봐 두자.

◇

타르트가 깨어나 천천히 눈을 떴다.

"안녕히 주무셨어요…… 어? 아아, 벌써 시간이 이렇게?! 죄송해요. 지금 당장 아침 준비를."

침대에서 황급히 일어나다가 넘어졌다.

알몸이라 여러 가지가 보였다.

"진정해. 문제가 있으면 깨웠을 거야. 어제는 늦게까지 힘냈고, 천천히 하자."

"흐아, 흐아으."

타르트가 이상한 소리를 냈고, 그대로 과열되어 머리에서 연기가 났다.

어제 일을 떠올렸을 것이다.

어제 타르트는 엄청나게 졸라댔었지.

"죄송해요. 제가 이성을 잃고."

"괜찮아. 타르트가 기분 좋아 보여서 안심했어. 그리고 흐트러진 모습을 보여 주는 쪽이 나도 더 즐거워."

"어제는 루그 님이 잔뜩 해 주셨어요! 다음에는 제가 루그 님께 잔뜩 해 드릴 수 있게 더 공부할게요!"

"공부하고 싶으면 이것저것 가르쳐 줄게. ……독학은 위험해."

타르트는 첫 경험이면서도 내가 기뻐하도록 여러모로 노력했는데, 지식이 어중간한 데다가 군데군데 틀려서 큰일이었다.

······범인은 어차피 어머니일 것이다.

이것저것 대충 불어넣었으리라. 타르트가 새빨간 얼굴로 어머니의 이야기를 들으며 고개를 끄덕거리는 모습이 눈에 선했다.

"힘낼게요!"

"힘내기 전에 옷을 입어 줘. 타르트의 매력적인 몸을 계속 보는건 힘들어."

"예? 아! 세상에, 저, 죄송해요."

양손으로 가슴을 가리고 주저앉았다.

그런 타르트에게 등을 돌렸다.

그러자 천이 스치는 소리가 들리기 시작했다.

"저기, 루그 님. 힘들다는 건, 그게, 그런 기분이 든다는 뜻인가요?"

"뭐, 그렇지."

"그렇다면 아침 봉사를 할까요? 남자는 그런 걸 아주 좋아한다고 어머님······ 어어, 책으로 읽었어요."

대체 어디서 그런 말을 배운 걸까?

그리고 어머니는 타르트에게 어머님이라고 부르라고 시켰나. 타르트가 상당히 마음에 들었나 보다.

"다음에 부탁할게. 그보다 배고파. 아침을 준비해 줘."

"네. 아주 맛있게 만들게요."

타르트는 그 말을 남기고서 일어나 방을 나갔다.

◇

아침 식사가 준비되어 식탁에 모였다.

메뉴는 베이컨과 버섯을 넣은 폭신폭신 오믈렛.

촉촉한 치즈 토스트, 그리고 야채수프였다.

"타르트, 오늘 오믈렛 맛있게 됐는걸?"

"좋은 재료가 있었거든요."

"나도 이 오믈렛 마음에 들어. 다음에 또 먹고 싶어. 오늘 아침은 평소보다 맛있네. 이것도 사랑의 힘일까."

"사, 사랑이라니, 그런."

타르트가 쑥스러워했다.

"디아, 전부터 묻고 싶었는데, 왜 그렇게 타르트를 부추겨?"

여러 아내를 두는 것은 귀족으로서 당연하긴 하지만, 어쩔 수 없이 인정할 뿐 감정은 부정적인 여성이 많았다.

"이유는 몇 가지 있어."

디아가 오믈렛을 입에 넣어 우물우물 씹고서 대화를 재개했다.

"첫 번째 이유, 내가 타르트를 친구라고 생각하니까. 보고 있자니 측은했어."

"두 번째 이유는?"

"귀족으로서의 의무. 루그의 핏줄을 남기는 데 협력하는 건 아내의 의무니까. 마지막 이유는 루그를 위해. 타르트는 무슨 일이 있어도 마지막까지 루그를 지켜. 그런 아이니까. 사랑하는 사이가 되면 그 마음이 변치 않을 것 같아서."

"저는, 그, 사랑받지 못하더라도."

"그럴지도 모르지. 하지만 짝사랑을 계속하는 건 힘들어. 지금은 괜찮아도 언젠가 마음이 바뀔지 몰라. 그래서 제대로 사랑하는 사이가 되길 바랐어. 루그를 지켜 주도록."

디아가 오믈렛을 다 먹었다.

"이제 와서 이런 질문을 하는 건 비겁하지만 묻고 싶어. ……만약 그 세 가지 이유가 없었다면 디아는 나와 타르트가 사랑을 나누는 걸 안 바랐을까?"

"물론이지. 나만 사랑해 줬으면 좋겠어."

디아는 즉답했다.

나는 말문이 막혔다.

"하지만 타르트를 친구로서 좋아하기에 행복해지길 바라고, 확실하게 핏줄을 남기고 싶고, 루그를 목숨 걸고 지킬 사람을 원해. 방금 말한 세 가지 이유를 전부 합치면 나만을 사랑해 줬으면 하는 마음을 웃돌아. 아, 타르트. 디저트 있어?"

"앗, 네. 오늘의 디저트는 오렌지 줄레예요."

"괜찮네. 먹을래. 조금 많이 줘."

"바로 가져올게요."

타르트가 주방으로 사라졌다.

"후우, 루그. 이런 말 하게 하지 마. 말로 표현하는 건 꽤 부끄러워."

"고마워."

"천만에. 오후에도 힘내. 나는 따라가면 안 되는 것 같고, 마법을 개발하며 무사하길 기도할게."

"그래. 투아하데에 돌아가는 루트를 바꾸자. 데이트하기 딱 좋은 관광 명소를 지나는 루트가 있어."

"그거 좋다. 데이트, 기대할게."

디아와 함께 웃었다.

디아에게는 항상 받기만 한다.

내 쪽에서도 뭔가 돌려줘야겠지.

◇

오후가 되어 타르트와 함께 나갔다.

나는 성기사의 전용 예복을 입었고 타르트는 하녀복이었다.

……이 예복, 재봉도 잘 됐고 소재도 좋지만 전투용은 아니라서 방어력이 불안했다. 암기를 숨길 공간도 없고, 무엇보다 보기 좋은 형태를 우선하여 움직이기 불편했다.

가능하면 입기 싫지만, 어쨌든 왕족을 만나는 자리라서 이것 말고는 선택지가 없었다.

앞으로 이 옷을 입을 일도 많아질 테니, 똑같이 생겼지만 전투도 버틸 수 있는 옷을 만들어 봐야겠다.

"저기, 루그 님은 로마룽그 공작님을 만나 뵌 적이 있나요?"

"직접 본 적은 없어. 하지만 어떤 인간인지는 알아. 아주 우수하고, 믿을 수 없을 만큼 충성심이 강해."

그간 투아하데에 온 의뢰를 보았기에 그가 어떤 인물인지 알았다.

계산적이고 용의주도하며 국가에 대한 압도적인 충성심을 가졌다.

이제까지 온 암살 의뢰는 전부 알반 왕국의 이익으로 이어지는 내용이었다.

그리고 그중에는 알반 왕국의 이익으로 이어지면서 로마룽그 공작도 혜택을 볼 수 있는 암살 또한 있었다.

살짝 수작을 부려서 지시하면 변명할 수 있는 범위에서 이익을 얻을 수 있었다.

하지만 로마룽그 공작은 그러지 않았다. 나라의 이익만을 생각하고 움직였다.

단순히 이익을 전혀 챙기지 않는 결백한 귀족이란 의미가 아니었다.

나라가 최대한 이익을 보면서 결과적으로 로마룽그 공작도 이익을 얻는다면 그렇게 한다. 반대로 국익이 최대화된다면 로마룽그 공작이 불이익을 받는 수법도 망설이지 않았다.

그는 국익의 최대화「만」을 생각했다.

최대한의 국익을 실현할 만큼 유능했고, 무엇보다 특필할 것은 국가에 대한 압도적인 충성심이었다.

"굉장한 사람이네요."

"그래. 그렇기에 무서워."

자신의 불이익조차 신경 쓰지 않고 돌진한다.

즉, 투아하데나 내가 나라에 불이익을 준다면 즉시 버린다는 뜻이다.

"도착했어요. 성안에 정원이 있다니."

"이야기는 들었지만 설마 내가 들어갈 줄은 몰랐어."

왕성 내에 있는 정원에 왔다.

나라의 이름이 붙은 알반 가든. 도원향이라고 불리는 곳이다.

세상에서 가장 아름답다고 나라가 공언하는 장소였다.

그 계절에 아름다운 꽃들을 모아서 조합하여 최고로 아름답게 배치하고, 꽃을 돋보이게 하는 미술품과 보석 등을 아낌없이 썼다.

꽃과의 조화를 위해 계절마다 인테리어까지 전부 바꿨다.

세상에서 가장 아름답고, 세상에서 가장 사치스러운 공간.

그렇기에 출입할 수 있는 사람은 매우 한정적이었다.

……누구도 이야기를 엿들을 수 없도록 이곳을 골랐을 것이다.

타르트는 안에 들어오자마자 말문이 막혀 버렸다.

엄청난 아름다움에 매료되어 넋이 나가 있었다.

나도 비슷했다.

디아도 왔으면 좋았을 텐데.

"성기사님, 이쪽으로 오시지요."

시녀가 안내했다. 이 시녀도 고위 귀족 영애다. 이곳에 들어오려면 그만한 격이 필요했다. 타르트는 성기사의 종자이기에 허락된 특례였다.

정원 안에 있는 정자로 안내받았다.

여기서 차와 꽃을 즐기며 이야기하자는 건가.

선객이 두 명 있었다.

"파리나 공주님, 로마룽그 공작님, 성기사님과 그 종자가 오셨습니다."

타르트와 함께 앞으로 나갔고 타르트는 내 뒤에 섰다.

그러자 두 선객이 이쪽을 보았다.

왕가에만 발현되는 불가사의한 분홍색 머리카락을 가진 10대 중반의 소녀와, 금발이라고 하기에는 너무 눈부셔서 머리카락에 황금 자체를 녹인 것 같다는 생각이 드는 30대 남성이었다.

두 사람 모두 비인간적으로 아름다웠다.

그럴 만도 했다. 왕가와 로마룽그 공작가는 그렇게 만들어진 존재다.

"처음 뵙겠습니다. 투아하데 남작의 자식이자 당대 투아하데. 루그 투아하데라고 합니다."

무릎 꿇고 머리를 숙여 인사했다.

아직 남작가의 가주는 아니지만 이미 암살자로서는 세대교체가 이루어졌다.

"고개를 들어 주세요."

순순히 고개를 들었다.

"어머나, 정말 멋진 분이시네요. 파티 때 멀찍이서 봤을 때는 몰랐어요."

"어허, 체통을 지켜야지. 루그 군, 잘 왔네. 자네에 관해서는 키안에게 들었어. 투아하데의 최고 걸작이라던데. ……자네가 성기사가 된 걸 기뻐해야 할지 슬퍼해야 할지 모르겠군."

85

"한시라도 빨리 마족을 멸망시켜 투아하데의 본분을 다할 수 있도록 하겠습니다."

"믿음직스럽군. 자리에 앉게. 최고의 찻잎을 준비시켰다네."

자리에 앉자 시녀가 차를 따랐다.

맡아 본 적이 있는 향이었다.

"어떠신가요? 저는 이 향을 아주 좋아한답니다. 안심이 돼요."

"나도 좋아한다네. 이게 있느냐 없느냐에 따라 일의 진척 속도가 전혀 달라. 음? 왜 그러는가? 향기가 마음에 안 드나?"

"아뇨, 좋아합니다. 오르나에서 취급하기 시작한 찻잎이죠?"

원래 일의 효율을 높이기 위해 내 취향에 맞춰 조합한 찻잎이었다. 당연히 좋아했다.

"루그 님도 아시는군요. 저는 오르나를 사랑요. 화장품도 과자도 차도 전부 최고예요. 짜잔~ 플래티넘 회원증이에요."

플래티넘 회원은 고액의 회비를 내고 매장에서 파는 것보다 한 등급 높은 상품을 정기적으로 받을 수 있었다.

오르나는 매우 인기 있는 가게라서 매장에 상품이 진열되면 바로 사라지기에, 다들 값이 비싸도 안정적으로 상품이 손에 들어오는 플래티넘 회원이 되고 싶어 하여 신청이 쇄도했다.

파리나 공주가 회원인 것은 알고 있었다. 그리고 로마룽그 공작의 아내와 딸도 회원이었다.

그런데 내게…… 오르나 대표 이르그 발로르에게 이 차를 낸 것은 우연일까.

"저는 어머니가 회원이라 자연스럽게 오르나의 상품을 좋아하게 됐습니다."

"저희는 잘 맞을 것 같네요. 아! 그러고 보니 이번에 왕도에서 오르나의 신작 발표회를 열 거예요. 제가 억지를 부려서 개최를 부탁했죠. 대표인 이르그 발로르 님은 못 오신다는 모양이지만, 대표 대리인 마하라는 여성분이 오실 거예요. 깜짝 놀랐어요. 제 또래의 여자아이가 오르나의 대표 대리라니. 어떤 사람일까요? 기대돼요."

분홍색 소녀가 꽃처럼 가련하게 웃으며 나를 바라보았다.

왕도에서 열리는 신작 발표회도 알고 있었다.

오르나는 현재 생산이 주문을 따라가지 못하는 상태라 신규 고객 유치를 위한 행사에 자원을 할애하고 싶지 않았다.

거절하려고 했지만 윗선의 압력으로 개최가 결정됐다.

"파리나 공주, 슬슬 본론으로 들어가지. 루그 군도 어이없다는 표정을 짓고 있어."

"백부님, 죄송해요. 루그 님을 보다 보니 저도 모르게. 그럼 슬슬 본론으로 들어갈게요. 크흠! 성기사가 아닌 암살 귀족인 당신에게 의뢰합니다. 오라비를 죽여 주세요. 그것은 이제 틀렸어요. 그란펠트 백작 부인에게 홀랑 넘어가서 꼭두각시가 되어 버린 이 나라의 해악이에요. 수리도 불가능할 것 같으니 처분해 주셨으면 해요."

여전히 꽃처럼 가련하게 웃으며.

조금 전에 오르나의 차를 칭찬했을 때와 완전히 똑같은 어조로 그녀는 잡담하듯 오라비를 죽여 달라고 했다.

Episode8

제8화

암살자는 의뢰를 받는다

The world's
best
assassin, to
reincarnate
in a different
world
aristocrat

"저보고 왕족을 죽이라는 겁니까?"

왕족 시해죄는 무겁다.

의뢰를 받은 시점에, 왕족에게 살의를 가졌다는 이유로 일가친척이 몰살당해도 불평할 수 없다.

"네. 그게 이 나라를 위한 일이에요."

"그란펠트 백작 부인에게 빠져 버린 것이 이유라고 하셨는데, 그 이유만으로 죽이는 건 성급하지 않습니까?"

"아뇨. 충분히 제거할 이유가 돼요. 좀 이상하단 말이죠. 다소 애인의 편의를 봐주거나 돈을 갖다 바칠 뿐이라면 괜찮지만, 아무래도 귀족파에 붙은 것 같아요. 왕자가 그런 짓을 하면 왕국파와 귀족파의 균형이 무너져요."

"그건 내버려 둘 수 없군요. 죽여야 할 왕자가 누굽니까?"

왕자는 공식적으로 다섯 명 있었다.

사생아를 포함하면 열두 명.

타깃이 누구냐에 따라 심각성이 완전히 달라진다.

"2왕자 리클라예요."

거물이다. 장남 아니면 차남이 왕이 될 거라고 여겨지고 있었다.

원래는 장남이면서 실적도 뛰어난 1왕자가 독보적이었다.

하지만 근래 들어 리클라가 눈부시게 활약하며 대항마가 되었다.

"당초 우리는 리클라 왕자를 왕으로 만들 생각이었어요. 고분고분하고 알기 쉬워서 조종하기 좋았죠. 하지만 그렇기에 그란펠트 백작 부인에게 찍혔을 거예요. ……꺼림칙해요. 고분고분해도 바보는 아니었어요. 사랑에 빠졌다고 나라를 배신하다니. 세뇌, 약물, 이것저것 생각해 볼 수 있지만, 손쓰기엔 이미 늦었다는 것만큼은 확실해요."

너무 빨리 버린다고 생각했는데, 그럴 수밖에 없을 만큼 심각한 상황인가.

가급적 빨리 제거해야 한다는 것은 나도 동의한다.

왕자가 마족의 꼭두각시라니 용납할 수 없다.

투아하데로서 칼을 휘두를 가치가 있다.

"그런 임무이기에 파리나 공주님이 직접 의뢰하시는 겁니까."

"네. 백부님 혼자 의뢰했다면 당신은 백부님이 국가 전복을 꾀한다고 의심했겠죠."

"아귀가 맞네요. 그렇다면 커다란 의문이 하나 있습니다. 질문을 허락해 주시겠습니까?"

"네, 하세요."

조금 불손하긴 하지만, 이렇게 이야기가 커지면 간과할 수 없다.

"왕족이 직접 의뢰해야 한다고 생각하면서도 왜 파리나 공주님이 아니라 대역을 보냈습니까? 그러니까 더더욱 의심이 가는군요."

파리나 공주가 표정을 굳혔다가 천천히 미소 지었다.

조금 전까지의 웃음과는 또 달랐다. 조금 전까지는 가련하긴 해도 어딘가 작위적이었다. 하지만 지금은 말하자면 표정이 살아 있었다.

"······왜 제가 가짜라고 생각하셨나요?"

"머리카락 때문입니다. 왕가의 여성에게만 발현되는 분홍색 머리카락. 그것이 당신이 가짜임을 증명하고 있습니다."

"분홍색인데요?"

"네. 그 색은 파리나 공주님과 똑같은 색입니다. ······하지만 희미하게 염색약 냄새가 납니다. 향수로 숨긴 것 같지만 저는 알 수 있습니다. 그 머리카락은 염색해서 만든 것. 본인이라면 그런 짓은 안 하겠죠."

내가 아니라면 눈치채지 못했을 것이다.

하지만 암살자는 어떤 사소한 것도 놓치지 않도록 오감을 단련하고 늘 주위를 관찰한다.

왕족이 직접 의뢰해야 할 안건으로 가짜가 왔으니 함정을 의심해야 했다.

"후후후, 아하하하, 들켜 버렸네요. 국왕 전하에게도 들킨 적이 없는데. 역시 대단하세요. 투아하데의 최고 걸작, 루그 투아하데! 아버지, 저는 루그 님이 마음에 들었어요."

"네반, 내막을 너무 일찍 공개하는 것 아니냐?"

"괜찮아요. 왜냐하면 이분은 이미 제 정체조차 눈치채셨으니까요."

네반. 로마룽그 공작의 외동딸.

학원에서는 선배에 해당하는 인물이다.

"로마룽그 공작님, 이건 대체 어떻게 된 겁니까?"

"실례, 조금 시험해 봤네. 키안이 자네를 하도 칭찬해서 말이야. 왕족을 사칭하여 자네를 속일 마음은 추호도 없네. 말로 설명해도 믿지 못할 테니 증명하지."

그의 말과 함께 뒤에 있던 시녀가 앞으로 나왔다.

가발을 벗고 젖은 수건으로 얼굴을 닦아 짙은 화장을 지웠다.

그러자 분홍색 머리카락이 드러나며 눈앞에 있는 네반과 완전히 똑같이 생긴 인물이 나타났다.

"처음 뵙겠습니다. 제가 파리나예요. 죄송해요. 저는 이런 장난 반대했어요."

"하지만 결과적으로 루그 님의 힘을 알게 돼서 좋았잖아요? 소개할게요. 이분이 파리나 공주님이에요. 그리고 저는 네반 로마룽그. 공주님의 대역 일을 하고 있어요."

"파리나 공주님, 처음 뵙겠습니다. 루그 투아하데입니다. 잘 부탁드립니다."

자리에서 일어나 무릎 꿇고 왕족에게 충절을 표했다.

"아까 인사를 받았으니 괜찮습니다. 뒷일은 로마룽그 공작에게 맡기겠어요."

파리나 공주는 꾸벅꾸벅 머리를 숙였다.

저자세로 구는 사람이었다. 이래서야 누가 대역인지 모르겠다. 이렇게 비교해 보니 화장으로 속인 것을 차치해도 생김새가 몹시 비슷했다. 마치 쌍둥이처럼.

당황한 나를 보고 로마룽그 공작이 웃었다.

"네반과 파리나 공주는 많이 닮았지? 두 사람은 사촌이야. 그래서 파리나 공주는 나를 백부님이라고 부르지."

"이렇게 닮았으니 변장해서 대역이 되기도 쉽겠습니다."

"맞아. 간파한 사람은 자네가 처음이라네. 이처럼 확실하게 왕족의 의뢰야. 안심했는가?"

"일단은. 다만 의문은 있습니다. 로마룽그 공작가는 왜 파리나 공주님 편에 붙었는지요? 차기 국왕으로 여겨지는 1왕자나 2왕자에게 붙는 편이 자연스럽지 않습니까."

"그건 말이지, 친구가, 국왕이 부탁했기 때문이라네. 국왕은 이렇게 말했네. 파리나 공주가 가장 우수하지만 여성이라서 왕이 될 수 없다. 그러니 파리나 공주가 힘을 행사할 수 있게 조치를 취해 달라. ……파리나 공주에게 짝을 만들어 주면 좋겠지만 좀처럼 괜찮은 상대를 찾을 수가 없어. 그래서 차선책으로 2왕자를 조종하고 있던 것이네. 그가 공적을 올리게 해서…… 2왕자의 발언력이 강해진 차에 이 사달이 난 거지."

그렇게 된 건가. 이 나라에서는 남성만이 지도자가 될 수 있었다. 어쩔 수 없이 허수아비를 준비했는데 그걸 뺏겼다. 없앨 수밖에 없다.

"납득했습니다. 만약 이 의뢰를 거절하면 어떻게 됩니까?"

"무사하지는 못할 걸세. 자네는 알면 안 되는 비밀을 너무 많이 알았어. 오르나의 찻잎을 대접하며 마하라는 이름을 꺼낸 의미가 자네에게도 전해졌겠지."

"네. 대충은."

……이르그 발로르와 내가 동일 인물임을 눈치챘다는 것은 믿기 어렵다.

어떻게 알았지? 아니, 애초에 정말로 확신이 있는지 알아봐야 한다. 보험이 작용했을 가능성도 있다.

잡담을 나누며 은근슬쩍 떠보니 내가 알고 싶어 했던 답을 말하기 시작했다.

"자네와 마하는 연인 사이지? 투아하데와 오르나 사이에 거래가 있다는 것은 알아냈네. 그뿐만이 아니라 마하는 루그 투아하데에게 빠져서 오르나의 자산까지 써 가며 자네를 지원하고 있어. 평범한 타인에게 그렇게까지 하지는 않겠지. 게다가 지난번 파티 때는 굳이 자네를 만나러 왔어. 필연적으로 자네들의 관계가 떠오르지."

안심했다. 보험이 잘 작동한 모양이다.

마하와 내^{루그}가 이어져 있다는 것은 들켜도 상관없다.

오히려 이르그의 정체를 숨기기 위한 미끼였다.

오르나와 투아하데의 연결 고리를 보고 루그가 이르그라는 사실을 눈치채면 치명상이 될 수 있다. 그래서 일부러 대표 대리인 마하가 개인적인 감정으로 원조하는 것처럼 보이는 증거를 준비했다.

사람은 답을 찾으면 발을 멈추고 더 깊은 곳에 있는 진실로 손을 뻗으려 하지 않는다.

"도망칠 수 없다는 거군요. 의뢰를 맡겠습니다. 단, 지원은 필요하고, 상응하는 준비를 해야 합니다. 지금 당장 실행할 수는 없습니다."

"그건 알고 있네. 기한은 두 달. 이쪽에서 리클라 왕자의 일정을 제공하겠네. 편한 타이밍에 죽이게."

"이걸로 이야기는 끝입니까?"

"흠. 당초 예정으로는 그렇지만. 하나 제안이 있네. 내 조카와 결혼할 생각 없나?"

"설마 그 조카가."

"물론 파리나 공주지. 2황자라는 체스말이 사라져서 급하게 새 말이 필요해. 자네는 좋아. 우수하며 이해력이 좋고, 성기사이자【선택받은 자】. 지금의 자네라면 파리나 공주와도 격이 맞아. 차기 왕이되는 것이네. 자네에게도 나쁘지 않은 이야기라고 생각하는데."

"아버지, 그거 멋지네요. 파리나 공주와 루그 님은 잘 어울려요."

"루그 님이 괜찮으시다면 꼭 부탁드리고 싶어요. 당신에 관해서는 잘 알고 있어요."

잘 아는 것은 나를 철저히 조사한 성과이리라.

"그건 보류하고 싶습니다. 서로를 위해."

거절하고 싶지만, 거절하면 모나게 된다.

그래서 상대를 배려한다는 핑계를 대고 도망쳤다.

암살이 들통났을 때, 나와 연결 고리가 있으면 파리나 공주도 파멸하는 것은 사실이다.

"상냥하시네요. 더더욱 마음에 들었어요."

"파리나 공주님, 결혼하면 이따금 루그를 빌려주세요. 로마룽그 공작 영애로서 그가 필요해요. 아버지도 찬성하시죠?"

"이 정도 남자이니 반대할 리가 없지."

아마 종마로서 빌려달라는 것이겠지.

귀족이라면 누구나 더 뛰어난 아이를 낳기 위해 많든 적든 배우자를 선별하여 더 좋은 피를 얻으려고 노력한다.

하지만 로마룽그 공작가는 도를 넘어섰다.

가진 힘을 전부 써서 우수한 유전자를 손에 넣으려고 했다.

그들은 그렇게 가장 뛰어난 피를 계속 혈통에 들여서 인간의 품종을 개량해 왔다.

그 결과가 눈앞에 있는 로마룽그 공작과 네반이었다.

둘 다 비인간적으로 아름답고 압도적인 능력을 가지고 있었다.

"그 얘기는 나중에 다시 하죠."

"그럼 암살이 끝나면 다시 부탁드릴게요. 그리고 학원이 개학하면 그쪽에서 다시 인사해요. 무시하면 안 돼요. ……기숙사에서 하는 것도 좀 흥분되네요."

네반이 웃었다. 작위적이지 않은 미소로.

엄청난 사람의 눈에 들고 말았다.

……그나마 다행인 것은 로마룽그 공작은 유전자만 원하기에 최

악의 경우에도 몸만 섞으면 끝난다는 점이었다.

　다만 가능한 한 도망칠 생각이다.

　타르트가 뺨을 부풀리고서 울 것 같은 얼굴로 나를 보고 있으니까.

Episode9

제
9
화
―
암살자는
간파한다

The world's
best
assassin, to
reincarnate
in a different
world
aristocrat

로마룽그 공작 및 파리나 공주와의 밀회를 끝내고 방에 돌아오자 디아가 맞이해 줬다.

웬일로 차도 끓여 줬다. 핼쑥한 모습으로 내 뒤에 서 있는 타르트를 배려한 것이리라.

"수고했어. 루그는 평소와 똑같은데 타르트는 힘들어 보이네."

"으으으, 지쳤어요. 한마디도 하지 않았지만요. 분위기가 굉장히 팽팽해서."

"타르트는 그런 분위기 어려워할 것 같긴 해. 그래서 재미있는 이야기는 들었어?"

디아의 시선은 내게 향하고 있었다.

"그래. 재미있는 이야기를 들었어. 그에 관해 말할 생각이야."

암살팀의 팀원에게 내용을 이야기해도 된다고 허락받았기에 차를 마시며 설명했다.

"왜 2왕자일까? 그란펠트 백작 부인을 노리는 편이 낫지 않아? 2왕자가 제정신을 차릴지도 모르고, 왕자를 죽이는 것보다 훨씬 편하잖아."

"몇 가지 이유를 생각할 수 있어. 2왕자는 로

마룽그 공작과 파리나 공주의 꼭두각시였어. 그렇기에 그들의 수법을 알고 있어. 증거는 없어도 누가 명령했는지 알아챌 거야. ……그러면 애인을 죽였다는 분노가 파리나 공주에게 향하게 돼."

2왕자는 꼭두각시이긴 해도 표면상의 실적과 권력으로는 로마룽그 공작과 파리나 공주를 웃돈다.

그가 폭주하여 이빨을 드러내면 그 두 사람은 무사할 수 없다.

"확실히 그럴지도 모르겠네."

"그 밖에도 이유는 있을 거야. 그 두 사람은 2왕자만 유혹당했다고 생각하지 않아. ……일단은 가장 유해한 2왕자를 제거하여 급한 불을 끄고 상황을 보려는 거야. 어떤 체스말이 망가졌는지 모르는 상태로 그란펠트 백작 부인을 죽였다가 체스말이 폭주하면 이 나라는 끝이야. 사랑은 무서워. 논리가 통하지 않아. ……물론 당장 그란펠트 백작 부인을 죽여야만 하는 상황이라면 죽이겠지만 그렇지도 않고. 그란펠트 백작 부인은 이 나라가 마음에 들어서 즐기려고 해. 그 두 사람도 그걸 알고 이런 판단을 내린 거야."

그것도 그란펠트 백작 부인, 곧 뱀 마족 미나의 책략 중 하나이리라.

간단히는 죽지 않을 상황을 만들고, 언젠가 자신을 노리더라도 마족의 힘으로 처리하는 2단 구조.

유감스럽지만 뱀 마족 미나는 언제든 이 나라를 없앨 수 있는 상황이었다.

"굉장한 사람들이네."

"뭐, 그렇지. 그 핏줄은 무서워. 로마룽그의 목표는 진화하여 진정한 인간이 되는 거야. 그걸 몇백 년이나 반복한 성과가 로마룽그 공작이고 파리나 공주야."

"인간에서 진화해서 인간이 되는 건 이상하지 않아?"

"가치관이 달라. 그들이 보기에 지금의 인간은 미완성이고 불완전해. 그래서 완벽한 부분을 모으고 연마하여 진정한 인간이 되겠다는 게 그들의 생각이야."

품종 개량에만 주목하기 쉬운데, 로마룽그는 교육에도 여념이 없다.

품종 개량에 들이는 시간만큼 교육에도 시간을 들였다.

"우와, 거기까지 가니까 좀 거부감이 든다."

"여러 가지 전설이 남아 있어. 먼저……."

유명한 일화가 있기에 디아와 타르트에게 이야기했다.

우수한 피를 얻기 위해 공작가의 전력만으로 전쟁을 일으켜 나라 하나를 멸망시킨 이야기 등등.

당대 로마룽그가 남자라면 우수한 여성을 차례차례 손에 넣어 임신시키고, 여자라면 저항 없이 여러 우수한 남자와 교접하여 남자든 여자든 차례차례 아이를 늘린다.

그렇게 생긴 아이 중에서 가장 우수한 아이를 다음 대 로마룽그로 삼고, 남은 아이들은 우수한 가신으로서 본가에 이바지한다.

그것이 일족 전체의 철저한 방침이었다.

"무시무시하네."

"저는 루그 님 뒤에 있었는데도 무서웠어요. 그 정도로 휘감은 분위기가 남다른 사람이라서. 그리고 마하를 알고 있어서 놀랐어요."

"놀라기는 했지만 거기까지라면 괜찮아. 나와 마하가 애인 사이라는 정보는 우리가 준비한 미끼야. 인간은 이쪽이 숨긴 비밀을 발견하면 안심하니까. 거기서 더 파고들어 진실을 찾으려고 안 해."

나와 마하가 애인 사이라는 것은 더미 정보다.

초일류 첩보 기관이 진심으로 움직이면 찾을 수 있는 수준으로 은폐해 뒀다.

찾느라 한 고생이 크면 클수록 정보의 신빙성은 높아진다. 이렇게 열심히 숨긴 정보라면 진짜일 것이라고 믿어 버린다.

게다가 나와 마하의 관계는 그렇게도 볼 수 있는 관계고, 오르나와 투아하데의 거래는 숨겨야 할 정보. 저쪽이 만족할 만한 내 약점이 된다.

그렇기에 이르그 발로르와 내가 동일 인물이라는 치명적인 정보를 눈치채지 못하게 하는 스토퍼가 됐다.

"변함없이 용의주도하네. 하지만 일방적으로 당하니까 재미없다. 가장 중요한 정보를 숨겼다고는 하지만, 저쪽에서 오르나와 마하를 노리면 타격을 받는 건 사실이잖아. 뭔가 저쪽의 약점은 없으려나."

"있어. 아까 회담에서 파리나 공주와 로마룽그 공작의 비밀을 발견했어."

"우와, 잘도 그런 걸 찾았네."

저쪽은 내가 눈치챘다는 것조차 눈치채지 못했으리라.

마안인 투아하데의 눈이 있었기에 눈치챌 수 있었다.

그 비밀을 여기서 알리자.

"파리나 공주의 부친은 로마룽그 공작이야."

"저기, 루그 님. 로마룽그 영애가 공주님의 대역이라는 건 비밀이지만 딱히 위협이 되진 않을 거예요. 왕가 사람이라면 다들 알고 있을 테고."

"네반도 딸이지만 파리나 공주도 로마룽그 공작의 딸이야. 그 두 사람은 쌍둥이야."

"엇, 네에에에에에에?!"

타르트가 깜짝 놀라서 외쳤다.

"이 눈은 마력이 보여. 마력에는 저마다 색이 있어. 부모와 자식은 어느 정도 비슷하고, 쌍둥이라면 거의 동일해. ……표면상으로는 데릴사위로 들어온 로마룽그 공작의 동생이 파리나의 부친으로되어 있지만, 파리나 공주의 친부는 틀림없이 로마룽그 공작 본인이야."

대체 왜 이런 번거로운 짓을 했는지 모르겠지만 사실 자체는 틀림없었다.

왕족과 불륜을 저질렀고 심지어 몸만 섞은 게 아니라 아이까지 낳게 했다면 대형 스캔들이다.

……로마룽그 공작이 왕녀를 임신시켜 쌍둥이를 낳게 했고, 왕족의 증거인 분홍색 머리를 가진 파리나를 왕가에 남기고서 왕족의 증거가 없는 네반을 자신의 아이로 거뒀다.

그래서 파리나 편을 드는 것이다. 자기 딸이니까.

부성애 때문이 아니다. 파리나 공주가 로마룽그라서다. 그 집안의 숙원인 진정한 인간에의 도달을 이루기 편리하니까.

"왕족과 불륜이라니 멀쩡한 정신머리로는 불가능해. 그런 집안에 찍혔다면 위험한 거 아니야? 애초에 그렇게 강한 피를 원하면 용사랑 붙어먹으면 될 텐데. 기술이라면 루그가 더 뛰어나지만 저쪽이 원하는 건 선천적인 강함이잖아?"

그런가. 디아는 에포나가 여자라는 걸 아직 모르는구나.

하지만 만약 남자였더라도 로마룽그 공작은 에포나를 택하지 않았으리라.

"아니, 로마룽그의 목표는 진정한 인간이야. 용사나 마족은 괴물이라서 인간이라고 인식하지 않아. 그들은 인간의 궁극을 지향해. 거기서 벗어나면 괴물로 전락하는 거야."

단순히 힘을 추구한다면 마족이나 마물 같은 강력한 생물의 인자를 혈통에 들이면 된다.

……성공한 사례가 극히 드물긴 하지만, 힘을 추구하여 실제로 그런 시도를 한 집안도 있었다.

그러나 로마룽그는 그런 선택을 하지 않는다.

그들은 인간을 사랑한다. 사랑하기에 가능성을 믿고 그 가능성에 걸고 있었다.

"그렇구나. 그럼 루그, 용사가 되어 버리자!"

"디아 님, 좋은 아이디어예요. 그러면 더는 루그 님을 노리지 않을 거예요!"

"……그렇게 간단히 될 수 있다면 고생 안 하지."

여신조차 세상에 한 명만 만들어 낼 수 있는 변칙적인 존재다. 사람이 어떻게 할 수 있는 것이 아니다.

"아무튼 이로써 왕도에서 할 일은 끝이야. 일단 투아하데로 돌아가자."

"저기, 2왕자 암살은 어쩌고요?"

"지금 당장 할 수도 있지만 위험성이 커. 왕족 살해는 증거가 없더라도 의심받는 순간 죽을죄야. 기한은 두 달이나 있어. 만전을 기해야지."

"그런가. 드디어 돌아갈 수 있구나."

"기뻐요. 채소밭 상태가 신경 쓰였어요."

"타르트는 그렇다 쳐도, 디아는 여기서 사는 게 마음에 든 것 아니었어?"

"쾌적하지만 역시 공방이 없으니까 연구가 지지부진해."

……공방. 투아하데 저택의 방 하나를 디아가 철저히 개조한 마경이다.

식을 고쳐 쓰는 마법 개발에 왜 그런 방이 필요한지 이해할 수 없지만, 실제로 성과를 내고 있는지라 불평할 수는 없었다.

다음에 거기서 뭘 하는지 보여 달라고 하자.

"그렇구나. 돌아가고 나서도 바쁠 거야. 지난번 마족과의 싸움은 아슬아슬했어. 그러니까 더 강해져야 해. 할 일이 두 개 있어. 마침내 감정지를 받았어. 이걸로 두 사람의 스킬을 보고, 스킬에 따라 전투 스타일을 재검토할 거야."

"아, 드디어 손에 들어왔군요."

"그거, 한번 보고 싶었어."

성기사의 권한으로 주문했었는데 저쪽에서 말썽이 있었던 모양이라 마침내 도착했다.

두 사람의 스킬에 따라 할 수 있는 일도 늘어난다.

"다른 하나는 우리가 가진 【가능성의 알】을 스킬로 바꾸는 거야. 이 녀석은 우리의 마음을 비추는 거울. 반드시 필요한 스킬이 될 거야."

소지자의 삶의 방식과 갈망 같은 것을 파악하여 적합한 스킬로 변화한다.

경우에 따라서는 S랭크 스킬도 된다.

그렇기에 골랐다.

다음 마족과 싸우기 전에 새로운 스킬을 얻어 두고 싶다.

"루그, 하지만 그 알은 어떻게 부화시켜?"

"저도 모르겠어요."

"실은 나도 몰라. 조사하고 있지만, 모색하며 이것저것 시도해 보자."

에포나에게 이야기를 들어 볼까.

원래 에포나의 스킬이었다. 뭔가 알고 있을지도 모른다.

왕도를 떠나기 전에 인사하고 가자.

……그리고 노이슈도 부탁해야 한다.

힘에 대한 그 갈망, 게다가 뱀 마족 미나의 마음에 들고 말았다.
아무래도 노이슈가 마음에 걸렸다.

Episode10

제
10
화
│
암
살
자
는
디
아
의
스
킬
을
안
다

The world's
best
assassin, to
reincarnate
in a different
world
aristocrat

왕도에서 투아하데로 돌아왔다.

"으응~ 반가운 우리 집이네."

저택에 돌아오자 디아가 그렇게 말하며 기지개를 켰다.

"아아, 루그, 웃다니 너무해!"

"미안. 놀리는 건 아니야. 너무 자연스러워서 정말로 디아가 투아하데가 됐구나 싶었고 그게 기뻤어. ……둘 다 장시간 마차 타고 여행하느라 피곤하지? 점심까지 푹 쉬어. 오후에 감정지를 쓸 거야."

"가슴이 두근거려. 굉장한 스킬이 있으면 좋겠다."

"맞아요. 강한 스킬이 있으면 더욱더 루그 님의 보탬이 될 수 있어요."

마차 안에서는 내내 그 이야기를 했었다.

……나도 일단 방에 돌아가자.

바빠지기 전에 해 두고 싶은 일이 있다.

◇

우리는 어머니가 만든 점심을 즐기고 훈련장에 모였다.

평범한 백지처럼 생긴 것을 타르트와 디아에게 건넸다. 이게 감정지였다.

"확실하게 세 장 있네요."

"하나둘 셋 하면 쓰는 거야."

"나는 괜찮아."

"어? 왜?"

"쓴 적이 있어서 스킬을 알고 있어."

정확히는 전생하기 전에 여신이 가르쳐 줘서 알고 있었다. 하지만 그렇게 말할 수는 없기에 둘러댔다.

"우와, 치사해. 하지만 그렇다면 왜 세 장이나 손에 넣었어?"

"이런 기회가 아니면 손에 넣을 수 없으니, 한 장은 예비로 챙겨두자 싶어서."

현재 내 암실팀은 타르트, 디아, 마하를 포함해 네 명.

마하는 실동 부대가 아니기에 스킬을 확인할 필요성이 적었다.

하지만 예정은 없어도 앞으로 멤버가 늘어날 가능성이 있었다.

"흐응~ 새로운 동료 말이지. 다음에도 예쁜 여자애라면 일부러 여자만 모으는 거라고 살짝 의심할지도."

"그렇게 될지도 몰라. 동료는 인격과 능력을 중시해. 성별은 고려하지 않아. 지금까지 그랬고, 앞으로도 그럴 거야."

틀림없는 사실이다. 디아가 스승으로 온 것은 우연이었다.

투아하데령에서 마력을 가진 아이를 찾아다니다가 타르트와 만난 것도 우연. 무르테우의 고아원에서 마하와 만난 것도 우연이다.

나는 단 한 번도 여자 동료를 찾은 적이 없다.

"알고 있지만, 조금은 당황해도 되잖아. 옛날에는 더 귀여웠는데. 누나, 누나 하면서 늘 졸졸 쫓아다니고."

그런 적 없다. 엄청난 기세로 과거가 날조되고 있다.

"아무튼 둘 다 감정지를 사용해 줘. 그 종이에 생각을 담으면 쓸 수 있어."

"드디어 알게 되는구나. ……스킬이 없으면 어쩌지."

"저, 자신이 없어요. 잘하는 것도 별로 없고."

"타르트는 요리를 잘하잖아."

"모처럼 가진 스킬이 요리라면 오히려 실망스러울 거예요……."

기대로 가슴을 부풀리던 아까와 달리 막상 쓰려고 하니 불안해진 것 같았다.

하지만 기대도 분명하게 있는지 두 사람은 왁자지껄 떠들면서 감정지를 움켜쥐고 생각을 담았다.

그러자 스킬과 그 설명문이 떠올랐다.

물리 법칙이나 마법 이론, 과학적인 원리로는 왜 이런 현상이 나타나는지 설명할 수 없었다.

신비나 기적이라고 해야 할 현상이었다.

이 감정지를 만들 수 있는 이는 매우 한정적이었고 엄중하게 보호받았다.

사람이 아니라는 소문조차 있었다.

이렇게 실제로 감정지를 쓰는 모습을 보니 소문은 사실이라는 생각이 들었다.

이런 걸 인간이 만들 수 있을 리가 없다. ……인간이 만들었더라도 초자연적인 뭔가의 힘을 빌리고 있을 터다.

"후우, 백지가 아니라는 건 스킬이 있다는 거지? 나는 세 개야."

"저도 세 개예요."

디아와 타르트가 각자의 감정지를 들고 달려왔다.

"저쪽에서 찬찬히 보자."

훈련장에 비치된 책상에 감정지를 펼쳤다.

먼저 디아부터. 감정지에는 디아가 가진 스킬이 적혀 있었다.

아무래도 【나를 따르는 기사들】로 얻은 스킬은 감정지에 적히지 않는 듯했다.

"마법이 특기라고 생각했는데 이런 스킬이 있었구나. 그리고 천재래. 흐흥, 나는 천재였어!"

"여러 가지로 납득이 갔어. 디아의 마법 제어는 보통이 아니었으니까……."

디아는 A랭크 스킬, B랭크 스킬, D랭크 스킬을 각각 하나씩 보유하고 있었다.

A랭크 스킬을 얻을 수 있는 것은 백만 명 중 한 명.

이것만으로도 디아는 특별한 존재다. 만 명 중 한 명이 가지는 B

랭크 스킬까지 가지고 있는 것은 기적이라고 해도 좋았다.

·【무지갯빛 마법사】

A랭크.

마력 제어·마력 방출량에 상승 보정.

또한 자신이 가진 임의의 속성으로 변경 가능. 바라는 속성의 마법을 영창하면 변경된다. 변경 후 한 시간 동안은 변경 불가.

·【천재】

B랭크.

계산력·사고력·기억력·발상력이 뛰어난 천재가 된다.

·【노화 내성】

D랭크.

2차 성징기 종료 후 노화 속도가 억제된다.

【무지갯빛 마법사】가 주력 스킬이라고 할 수 있을 것이다.

마법의 정밀도와 위력, 양쪽을 끌어올리면서 임의의 속성으로 변환이 가능하다.

나는 네 가지 속성을 쓸 수 있으나 빛과 어둠은 쓰지 못했다.

하지만 디아는 특이 속성인 빛과 어둠 속성조차 쓸 수 있다.

"굉장해요. 디아 님의 스킬은 전부 강하고 편리해 보여요!"

"지금껏 미묘하게 성능을 썩히고 있었지만 말이지. 속성을 바꿀 수 있을 줄은 몰랐어. 못 쓰는 속성의 마법을 영창해 보자는 생각 따위 안 하는걸."

"그렇겠지. 디아 말고도 발동 조건을 모른 채 재능을 썩히는 사람은 많을 거야. 감정지를 쓰길 잘했어. 천재도 부러운 스킬이야."

【천재】는 매우 범용성이 높은 스킬이다.

전생하기 전에 【성장 한계 돌파】와 【천재】 중에서 뭘 고를지 고민했을 정도다.

"……하지만 조금 미묘한 기분이야. 나는 노력해서 굉장한 마법을 외우게 됐다고 생각했고, 마법을 만드는 것도 노력한 성과라고 생각했어. 하지만 이렇게 스킬을 아니까 그저 스킬 덕분이었나 싶어."

"그건 틀렸어. 어디까지나 재능이 있을 뿐이야. 아무리 재능이 있어도 그걸 키우지 않으면 의미가 없어. 재능을 키워 왔기에 지금의 디아가 있는 거야. 나는 그런 디아를 존경해."

재능이 있어도 그 사실에만 심취하여 아무것도 이루지 못하는 사람을 많이 봤다.

올바르게 재능을 키우는 것은 몹시 어려워서 그게 가능한 사람은 극소수뿐이다.

"루그는 가끔 오글거리는 말을 하더라."

"……윽, 자각은 있어."

"하지만 고마워. 정말 기뻐. 당장 속성을 바꿔 보고 싶어. 이왕이면 빛이나 어둠이 좋겠지. 나머지는 나랑 루그가 전부 써 봤으니까."

새로운 마법을 만들 때, 기존의 마법을 분석하여 규칙을 도출해서 오리지널 마법을 개발했다.

우리는 각자 분담하여 4속성 마법을 거의 배우고 분석 재료로 삼았다.

하지만 특이 속성인 빛과 어둠은 건드리지 못했다.

속성을 변경하고 빛과 어둠 마법을 여러 번 영창해서 새로운 마법을 얻어 나가면 새로운 규칙을 발견할 수 있을 터다.

"빛 마법을 쓸 줄 아는 사람을 알아. 편지를 써서 빛 마법의 식을 보내 달라고 부탁해 봐야겠어."

"그런 사람도 아는구나."

"최근에 알게 됐어."

……얼마 전에 만난 인물이다.

그 인물은 네반. 로마룽그 공작 영애.

그녀는 빛 마법을 쓸 수 있다는 희소성 때문에 빛나는 영애라는 이명을 가졌다.

신나게 떠드는 우리를 내버려 둔 채 타르트는 마지막 스킬을 빤히 보고 있었다.

"【노화 내성】, 부러워요. 줄곧 예쁜 모습으로 있을 수 있다니. 분명 루그 님도 그게 더 기쁠 거예요."

"내가 기쁜지는 제쳐 놓고, 누구든 젊음을 유지하고 싶겠지. 굉장한 스킬이야. ……어쩌면 비코네의 여성은 이게 유전되는 게 아닐까? 어머니는 분명 이 스킬을 가지고 있어."

마흔을 넘겼지만 10대라고 해도 믿을 만한 어머니의 모습이 뇌리에 떠올랐다.

일부 특수한 혈통은 스킬이 유전된다고 들은 적이 있다.

그렇다면 어머니의 비정상적인 젊음도 설명이 된다.

"우리 집안 여자들이 전부 동안이라는 건 부정할 수 없어. 하지만 이 스킬 필요 없을 것 같아. 키가 작고 가슴이 안 크는 건 분명 이거 때문이야! 2차 성징기라는 게 뭔지 모르겠지만, 안 늙는다는 건 성장하지 않는다는 거잖아. 이것만 없었어도 나도 타르트처럼."

디아가 타르트의 가슴과 감정지를 원망스럽게 번갈아 보았다.

……구태여 말하지 않겠지만 2차 성징기는 10대 후반까지다.

지금 시점에 악영향이 있을 리가 없다.

"아하하하, 하지만 큰 건 큰 것대로 큰일이에요."

"……큰 사람은 다들 그렇게 말해. 어쨌든 나는 이걸로 끝이야. 타르트 걸 보자!"

"네, 이게 제 감정지예요! 다행이에요. 저도 A랭크 스킬이 있었어요!"

타르트의 스킬은 A랭크, C랭크, D랭크.

디아뿐만 아니라 타르트도 A랭크 스킬을 가지고 있었다.

이건 아마 우연이 아닐 것이다.

여신이 뭔가 개입했을지도 모른다.

그 점은 의심스럽지만, A랭크 스킬을 가지고 있는 것은 순수하게 고마웠다.

강력한 스킬이다. ……그리고 재미있다.

타르트의 스킬을 봤을 때, 정말 타르트다운 스킬이라며 나는 쓰게 웃었다.

Episode11

제
11
화
│
암살자는 타르트의 힘을 안다

The world's
best
assassin, to
reincarnate
in a different
world
aristocrat

디아의 스킬을 다 조사하고 드디어 타르트 차례다.

"멋있는 스킬이에요!"

"멋있다기보다 타르트답네."

"응, 너무 딱 맞아서 무서울 정도야."

감정지를 셋이서 보았다.

거기에는 【나를 따르는 기사들】로 준 것을 제외한 스킬들이 적혀 있었다.

·【종자의 헌신】

A랭크.

자신의 영혼이 인정한 주인과 계약을 맺음으로써 발동할 수 있다.

점막 접촉 후에 주종 관계가 되었음을 확인하고 승낙받으면 계약이 이루어진다. 영혼이 인정한 상대가 아니라면 실패한다. 주인은 변경할 수 없다.

능력 발동 중에 자신과 주인의 모든 능력이 강화된다. 또한 주인이 사망했을 시 자신의 목숨과 맞바꿔 소생·회복시킬 수 있다.

·【창술】

C랭크.

창을 장비했을 때의 신체 능력, 창을 사용한 공격의 위력·속도·정밀도에 상승 보정.

·【노력】

D랭크.

노력하는 재능. 노력을 아끼지 않는 성격. 집중력·정신력이 쉽게 회복된다.

"【종자의 헌신】, 이성이라면 괜찮겠지만 동성이라면 어떻게 해야 하는 거지……."

"간단해. 남자면 남자끼리, 여자면 여자끼리 키스하면 돼."

"그건 그렇지만."

……이것도 조건을 모르면 발동할 수 없는 스킬이다.

일단 주인으로 인정한 상대와 깊은 관계가 돼야 한다.

그리고 그런 행위를 한 후에 바로 굳이 주종 관계임을 확인하는 상황은 생각하기 어렵다.

"저기, 루그 님. 이 스킬, 당장 써야 해요! 저와 루그 님이 함께 강해질 수 있으니까요."

타르트가 기대를 담은 눈으로 나를 보았다.

확실히 조건이 엄격한 만큼 두 사람의 모든 능력이 강화된다는 파격적인 스킬이었다.

다른 A랭크 스킬과 비교해도 독보적으로 강력한 것은 어떤 의미에서 일회용이기 때문이리라.

주인으로 정한 인물은 바꿀 수 없다. 주인이 죽으면 그 시점에 완전히 못 쓰는 스킬이 된다. 애초에 사람의 마음은 변한다. 믿었던 주인을 믿지 못하게 될 수도 있다.

또한 상시 강화가 아니라 발동 중에만 강화된다는 점도 마이너스다. 그렇기에 【나를 따르는 기사들】과 달리 A랭크일 것이다.

"타르트, 하나 약속해 줘. 능력 강화는 적극적으로 써야 해."

"네!"

발동 시간 및 발동 중의 체력·마력 소비와 강화 폭은 검증이 필요하지만 사용하지 않을 이유가 없다.

그러나…….

"후반부. 자신의 목숨과 맞바꿔 나를 구하는 능력은 쓰지 않겠다고 약속해 줘."

스킬명을 생각하면 후자가 메인인 스킬이리라.

하지만 나는 그걸 바라지 않는다.

"……죄송해요. 약속할 수는 없어요. 그런 상황이 되면 저는 반드시 사용해 버릴 거예요. 루그 님에게 거짓말할 수는 없어요."

타르트가 고개를 숙이고 중얼거렸다.

"그럼 계약 못 해."

타르트는 이제 단순한 도구가 아니다. 가족을 희생하는 것이 전제인 스킬은 필요 없다.

"루그, 그건 좀 이상해."

"뭐가 이상해?"

"타르트를 희생시키고 싶지 않으니까 스킬을 안 쓰겠다는 거. 그 스킬은 루그가 죽었을 때 쓰는 거잖아. 죽을 생각이야?"

"아니."

"그럼 신경 쓰지 않아도 돼. 【종자의 헌신】이 있으면 강해져서 죽기 어려워져. 죽을 마음이 없는데 죽은 뒤를 생각해서 힘을 쓰지 않고 죽을 위험을 높이는 건 이상해."

궤변 같은 말이지만 이치에는 맞았다.

"루그 님!"

타르트를 돌아보자 결의가 담긴 눈으로 나를 보고 있었다. 그러다 목에 팔을 두르고 억지로 입술을 맞춰 왔다. 어른의 키스였다.

피하고자 하면 피할 수 있었다.

하지만 타르트의 표정을 보니 그런 마음이 사라져 버렸다.

긴 키스가 끝났다.

"제 주인님이 되어 주세요. 그리고 제가 죽지 않도록 죽지 말아 주세요. 저는 이런 스킬이 없어도 루그 님이 죽으면 죽어요."

타르트가 죽지 않도록 죽지 말아 달라고.

……약았다. 그렇게 말하면 피할 수 없지 않나.

"알겠어. 다시금 부탁할게. 내 종자가 되어 줘."

그 말을 꺼낸 순간, 나와 타르트의 영혼이 뜨거운 뭔가로 묶였다. 주종의 인연. 그런 것이 확실하게 맺어졌다.

영혼으로 타르트를 느꼈다.

"루그 님이 흘러 들어와요. 지금이라면 이 스킬을 쓸 수 있다는 느낌이 들어요. 【종자의 헌신】."

　타르트가 스킬을 발동했다. 그와 동시에 타르트가 더 강하게 느껴졌다.

　신체 능력, 마력, 동체 시력, 사고력, 계산력, 온갖 능력이 향상되는 느낌을 받았다.

　"저, 강해졌어요. 그리고 루그 님이 아주 가까워서 안심돼요. 쭉 이렇게 있고 싶어요."

　"그러게. 안락해."

　힘뿐만이 아니었다. 타르트의 기분이 전해졌다.

　……아니, 이건 그런 수준이 아니다. 타르트가 무슨 생각을 하는지 알 수 있었다.

　『조금 전의 키스, 너무 대담했을까? 야한 애라고 루그 님이 생각하시면 어쩌지. 하지만 정말 기분 좋았어. 또 하고 싶어. 키스한 탓에 달아올랐어. 나중에 루그 님 방에 가서…… 응? 어라, 내 생각이 들린다고 루그 님의 사고가, 말도 안 돼, 엇, 엇, 어라, 앗, 네! 오늘 저녁은 고기를 드시고 싶다고요. 알겠습니다. 아, 으아아아아아아.』

　아무래도 능력을 발동하면 서로의 사고가 그대로 전달되는 모양이다.

　그럼 겸사겸사 하나 더 실험해 보자.

　『타르트, 내 생각이 들리면 오른손을 들어 줘.』

　『타르트, 내 생각이 들리면 한 번 더 키스해 줘.』

　표층과 심층에서 두 가지 사고를 병행했다.

타르트가 오른손을 들었다.

하지만 키스는 하지 않았다.

그렇군. 표층 사고는 공유되지만 심층 사고는 안 들리나.

암살자는 고문이나 자백제 대책으로 표층과 심층으로 나눠서 사고하고 기억한다.

설령 자백제를 먹더라도 파헤쳐지는 것은 표층뿐이다. 특수한 훈련으로 익힐 수 있는 기술이었다.

……이 기술을 쓰면 들려주고 싶지 않은 사고는 숨길 수 있는 것 같다.

한편 타르트는 얼굴이 새빨개져서 연기를 뿜어내고 있었다.

『으으으, 창피해요. 이상한 생각을 하지 말아야겠어요. 야한 생각은 특히 안 되고, 앗, 야한 생각을 안 하려고 한다는 생각이 들리고 있어?! 그것도 창피해요. 야한 생각을 안 하려는 생각을 그만두고, 루그 님의 가슴팍…… 앗, 안 돼요. 생각을 안 하려고 하니까 괜히 더, 또 머리에 흐아아아아.』

이 힘은 타르트에게 위험한 것 같다. 나는 재미있지만.

그리고 단점만 있지는 않았다. 텔레파시를 쓸 수 있는 것은 편리했다.

연계할 때 실시간 통신은 압도적인 이점이 된다.

밀담에도 쓸 수 있다.

"루그, 아까부터 실실 웃고 있어."

"타르트가 웃겨서."

정말로 귀엽다.

"타르트, 힘을 발동해서 피곤하진 않아?"

"예? 앗, 아뇨, 전혀요."

"그런가. 그럼 이대로 실험하고 싶어."

모처럼 능력을 발동했으니 이것저것 시험해 보자.

우선 효과 범위를 조사했다.

거리를 벌리니 약 200m 부근에서 연결이 끊겼다.

다시 다가가도 자동으로 연결되지는 않았다.

한 번 더 발동하려고 해도 쓸 수 없었다.

1분마다 재사용을 시도해 보라고 했다. 한 번 사용하면 한동안 쓸 수 없는 타입의 스킬인 듯했다. 간격이 어느 정도인지는 알아 두고 싶다.

"저기, 루그 님. 이상한 생각을 잔뜩 해서 죄송해요."

"괜찮아. 귀여웠고. 하지만 정신 수행도 더 열심히 하자. 언제든 잡념을 떨칠 수 있게 말이야."

"네! 힘낼게요!"

싸울 때는 뛰어난 집중력을 발휘할 수 있지만, 언제든지 그러지 못하는 것은 문제다.

"남은 스킬은 【창술】과 【노력】인가. 둘 다 쓰기 좋은 스킬이야."

"예전부터 타르트의 창 솜씨는 굉장하다고 생각했는데 스킬이 있었구나."

나는 범용성을 중시하여, 즉, 온갖 무기를 구사한다는 전제로 C랭크인 【체술】을 골랐지만, 무기를 고정한다면 이런 스킬이 더 강했다.

"네. 앞으로는 창에 더 자신감을 가질 수 있을 것 같아요! 그리고 노력이라는 스킬이 있다면 더더욱 노력해야겠어요. 남들보다 더 노력할 수 있으니까요!"

타르트는 분명 그런 스킬이 없어도 노력가다.

"【창술】이 있다면 앞으로 총 훈련은 그만두고 창에만 집중하는 게 좋을지도 모르겠어."

"그렇지 않아요. 총은 곧바로 쓸 수 있어서 편리해요. 상대방이 깊숙이 파고들어 왔을 때, 이런 식으로!"

타르트가 치마를 걷어 올리고 허벅지의 홀스터에 세팅해 둔 권총을 뽑아 들었다.

빠르고 유려했다. 신속한 퀵 드로. 노력의 흔적이 보였다.

"그 속도라면 충분한 무기가 되겠어."

"네. 창술사를 쓰러뜨리려고 깊숙이 파고들면 탕~ 쏠 거예요. 그리고 창을 조립하는 것보다 훨씬 빨라서 갑자기 전투가 벌어졌을 때도 편리해요. 좁은 방에서는 창을 휘두를 수 없고요."

권총은 사정거리가 짧지만 다루기 편하다. 그렇게 쓰는 것도 가능하다.

"있지, 루그. 창을 쓰면 스킬이 발동하는 거지? 그럼 총을 쏠 수 있는 창을 만들면 되지 않아?"

"그걸 창이라고 할 수 있나. ……불가능하진 않아. 좋아, 시도는 해 볼까."

총검을 베이스로 설계해 보자.

"부탁드릴게요!"

"너무 기대하지는 마. 지금처럼 접이식으로 만드는 건 무리고, 구조상 취약해져. 창으로서의 성능은 그리 높지 않을 거야."

"그렇더라도 원거리 공격이 가능한 건 기뻐요."

타르트는 공격에 적합하지 않은 바람 속성이었고, 본인에게도 마법 재능은 별로 없어서 원거리 공격은 하지 못했다.

그래서 원거리 공격이 가능한 우리가 부러웠을 것이다.

"이로써 두 사람의 스킬은 파악됐네."

"루그의 스킬을 아직 몰라! 우리 스킬을 가르쳐 줬으니까 알려 줘."

"아, 저도 궁금해요!"

나는 미소 짓고서 스킬을 설명했다.

【초회복】【식을 짜는 자】【성장 한계 돌파】【체술】, 용사에게 받은 스킬.

"터무니없네! 왜 모든 랭크의 스킬을 가지고 있는 거야. 그런 건 들어 본 적이 없어."

"운이 좋았어."

"어라? D랭크 스킬을 말씀해 주지 않으셨어요. D랭크는 누구든 반드시 가지고 있다고 예전에 루그 님께 배웠는데요."

"그건 비밀이야. ……비장의 카드로 딱 한 번만 쓸 수 있는 기습용 스킬이거든. 그래서 누구에게도 절대 말하지 않기로 했어."

그 스킬을 취득했을 때부터 정한 일이다.

알려진 순간 무가치해진다.

하지만 알려지지 않는 한은 비장의 카드가 될 수 있다. 상대가 타르트와 디아여도 가르쳐 주지 않을 것이다.

"우와, 우리는 전부 가르쳐 줬는데 비밀이라니, 치사해, 치사해. 무지 궁금해졌어."

"……저도요. 하지만 루그 님이 비밀로 하겠다고 정하셨다면 따를게요."

두 사람은 불평했지만, 말하지 않기로 한 것은 말하지 않을 거다.

"그럼 슬슬 저택으로 돌아갈까. 마하가 맛있고 재미있는 외국 과자를 보냈어."

"아아, 도망칠 생각이야."

"같이 가요, 루그 님!"

두 사람의 스킬은 파악했다.

스킬을 알고 효과적으로 활용한다면 우리는 더 강해진다.

이제 【가능성의 알】만 부화시키면 된다.

그쪽 조사도 진행 중이다. 조만간 그쪽으로 노력할 것이다.

하지만 오늘은 맛있는 차와 과자를 느긋하게 즐기자. 휴식도 중요하다.

Episode12

제
12
화
│
암
살
자
는
초
콜
릿
을
선
물
한
다

The world's
best
assassin, to
reincarnate
in a different
world
aristocrat

스킬 확인이 끝나고 다과회를 개최했다.

두 사람에게 먹이고 싶은 것이 있었다.

개최 장소는 저택이 아니라, 어머니가 키우는 화단이란 이름의 가정 텃밭이 보이는 테이블이었다.

……세상에서 가장 아름다운 성의 꽃밭을 보고 온지라 갭이 상당했다. 어머니가 말하길 『채소도 꽃은 피워요. 그렇다면 먹을 수 있는 쪽이 더 이득이에요』라고 했다.

"디아, 타르트, 준비됐어."

특제 허브티와 함께 오랜 연구를 거쳐 마침내 상품화한 것을 테이블에 놓았다.

평소에는 타르트가 하는 일이지만, 이번에는 두 사람이 깜짝 놀라도록 내가 차렸다.

"아! 이거 루그가 예전에 선물로 가져왔던 거지? 엄청나게 맛있어서 또 먹고 싶었어."

"그걸 기억해? 그때는 시작품이었지만 마침내 상품화했어."

"저도 정말 좋아해요. 루그 님이 예전에 맛보게 해 주셨었죠. 쌉쓰레하면서도 달았어요."

"응응, 좋지, 초콜릿."

"네!"

내가 꺼낸 것은 초콜릿. 오르나의 새로운 주력 상품이었다.

"바로 먹어 봐."

"으음~ 역시 맛있어. 아주 고급스러운 느낌이야."

"맞아요. 이 황홀한 느낌, 다른 과자로는 즐길 수 없어요."

두 사람은 즉각 초콜릿을 만끽했다.

나도 한 입. 응, 잘 만들어졌다.

식감이 부드러웠다. 그리고 카카오 비율이 좋아 카카오의 풍미를 맛볼 수 있으면서 너무 쓰지도 않은 절묘한 배합이었다. 전생의 단어로 표현하자면 다크 초콜릿.

맛이 고급스럽고, 초콜릿의 매력을 즐기기에는 이게 가장 좋다.

"하지만 예전에 먹은 것과 비교하면 덜 부드러워서 조금 퍽퍽하고 풍미도 부족해요. 아! 하지만 아주아주 맛있어요. 이상한 말을 해서 죄송해요."

"사과하지 않아도 돼. 오히려 용케 눈치챘네. 확실히 이건 예전에 먹어 보라고 한 것보다 질이 떨어져."

"그런가요? 재료가 다르나요?"

"내막은 이따가 공개할게. 지금은 초콜릿을 즐겨 줘."

"네!"

타르트는 요리 실력이 향상됨과 비례하여 미각도 좋아지고 있는 모양이다.

이 차이를 알아차리다니 제법이다.

"으음~ 허브티와의 조합도 완벽해."

"나쁘지 않지만, 초콜릿과 같이 먹을 거면 커피가 더 괜찮겠어."

"커피가 뭐야? 그런 거 처음 들었어."

"언젠가 손에 들어올 거야. 이 넓은 세상 어딘가에는 분명 있을 테니까."

커피. 그것도 어떻게든 손에 넣고 싶다.

이 대륙에 유통시키면 틀림없이 억만장자가 될 수 있을 것이다.

"상품화하기까지 굉장히 오래 걸렸네요. 무르테우에 있을 적에 시작품이 완성됐었는데."

"맞아, 고생했어. 카카오라는 나무 열매를 초콜릿으로 만드는 게 아주 힘들거든. 노력과 시간이 들고, 공정이 복잡하고, 특별한 기술도 필요해. 만들 줄 아는 사람이 나뿐이면 상품이 못 돼. 실력 좋은 과자 장인을 스카우트해서 수업했고, 거의 1년 가까이 시행착오를 거쳐서 겨우 팔 수 있을 만한 수준이 됐어."

카카오로 초콜릿을 만드는 것은 극히 어렵다.

사전 작업으로 카카오 열매에서 카카오빈을 꺼내고 바나나 껍질로 감싸 발효시킨 후 건조시킨다.

……말로 표현하면 간단하지만, 발효에 쓰는 효모의 품질에 따라 맛과 풍미가 달라지고, 발효시키는 환경에는 세심한 주의를 기울여야 하며, 일수는 주위 환경에 따라 달랐다.

건조에도 요령이 필요해서 조금만 실수해도 망친다.

그렇게 준비한 것을 로스팅하여 껍질을 벗기고…… 부수고 으깬 뒤 재료를 더하는 믹싱 작업 후에…… 초콜릿을 교반하는 리파이닝과 콘칭이라는 작업을 하는데, 72시간 정도 저어 줘야 했다.

심지어 부드러운 식감을 만들려면 마구 저어서는 안 되고 기술이 필요했다.

그 작업까지 마친 것을 온도가 다른 뜨거운 물로 여러 번 중탕하여 지방 결정을 정돈해서 식감과 풍미를 좋게 만드는데 이것을 템퍼링이라고 한다.

이 템퍼링이 가장 큰 난관으로 과자 장인의 실력이 시험받는다. 이 작업을 끝내면 마침내 틀에 넣어 완성이다.

초일류 과자 장인을 스카우트했는데도 1년을 들여 겨우 급제점이었다.

"다른 사람이 만들었기에 루그 님이 만들어 주신 것보다 맛이 떨어지는 거군요."

"맞아."

"역시 루그 님이에요."

타르트는 그렇게 말하고서 마지막 하나를 입에 넣었고 초콜릿처럼 사르르 녹은 표정을 지었다.

디아도 비슷했다.

둘 다 초콜릿을 매우 좋아했다.

이렇게나 좋아하니 고생해서 상품화한 보람이 있었다.

"후우, 순식간에 먹어 버렸어."

"……좀 더 음미하면서 먹을 걸 그랬어요."

두 사람의 접시는 깨끗하게 비어 있었다.

평소라면 예비가 있어서 더 줬겠지만 이번에는 여분이 없었다.

"잘 팔릴 것 같아?"

"응, 분명 잘 팔릴 거야! 귀족이라면 금화를 갖다 바쳐서라도 살걸?"

"저도 용돈으로 살 수 있는 가격이라면 참지 못할 것 같아요."

사실 이렇게 초콜릿을 좋아하는 것은 그저 맛있기 때문만은 아니었다.

카카오에 포함된 폴리페놀 테오브로민에는 피로 회복과 릴랙스 효과가 있었다. 맛있을 뿐만 아니라 엄연한 약이었다.

"초콜릿은 지난달부터 팔기 시작해서 정기 구매자에게 보냈는데 꽤 평판이 좋아."

정기 구매자용 세트 상품은 전매 대책이면서 매장의 혼잡을 막는 대책이지만, 오르나가 팔고 싶은 상품을 보낼 수 있는 것이 큰 강점이었다.

아무리 좋은 상품을 만들어도 팔리지 않으면 의미가 없다.

세트 상품에 넣으면 간단히 팔 수 있었다. 게다가 상품을 보내는 곳은 전부 정보 발신력이 있는 부유층과 귀족이었다.

초콜릿에 관한 소문은 순식간에 폭발적으로 퍼져서 환상의 과자라고 불리고 있었다.

"……아마 엄청난 기세로 클레임이 쇄도하고 있을 거야."

"과자를 보내는 건 처음이었지만 찻잎도 좋아하는걸. 초콜릿을 넣는다고 불평할 리 없잖아?"

"그런 불평이 아니라. 더 팔아 달라든가, 매장에도 진열하라든가 여러 가지로."

"정답이야. 이미 그런 종류의 클레임은 수두룩하게 들어오고 있어."

"역시나."

추가 구입을 희망하거나, 다음 달에도 꼭 넣어 달라고 탄원하거나, 매장에 진열할 것인지 확인하거나 기타 등등. 개중에는 무리한 요구를 하는 손님도 있었다.

"그런 걸 클레임이라고 한다면 클레임 쇄도야. 마하가 잘 대처해 주고 있어."

"우와, 힘들겠다. ……귀족의 클레임이라니 분명 귀찮을 거야."

"저기, 루그 님. 이렇게나 맛있고 인기가 있다면 다른 가게가 따라 하지 않을까요?"

"어려울걸. 카카오를 사들이는 곳은 바다 너머야. 그곳과 거래하는 곳은 오르나뿐이고, 무엇보다 초콜릿은 만들기가 아주 어려워. ……카카오를 초콜릿으로 만드는 방법을 제대로 연구한다면 100년은 걸려."

설령 카카오 매입 루트를 손에 넣더라도 카카오빈을 바나나 껍질로 감싸서 발효시킨다는 출발 지점부터 생각해 내지 못할 것이다.

"문제는 장인을 매수하거나 납치하는 거지."

"그 부분에 대한 준비는 완벽해. 이만큼이나 투자했으니 조심하고 있어. 만약 손대는 녀석이 있다면…… 평생 후회하게 될 거야."

그런 족속은 유액 때 질리도록 상대했다. 그렇기에 대책 노하우가 쌓였다. 다만 그때 대형 상회들은 따끔한 맛을 보았기에 이번에는 손대지 않을 것이다.

"이 초콜릿, 이렇게나 맛있는데 큰일이네요."

"뭐, 그렇지. 그렇기에 무기가 돼. 그 무기를 더 강화하기 위해 초콜릿을 매장에 진열하는 것도 정기 구매자에게 보내는 것도 두 달에 한 번뿐이야."

"우와, 잔인해. 실질적으로 한 달에 한 번밖에 못 사잖아. 엄청나게 프리미엄이 붙을 거야."

그게 목적이다.

오르나에서만 만들 수 있고, 심지어 한 달에 한 번만 판매되는 환상의 과자.

그 희소성이 초콜릿의 가치를 더욱 높인다.

하지만 타르트는 그렇게 하는 의미를 모르겠는지 고개를 갸웃했다.

"저기, 희소가치가 없어도 주문이 많이 들어오고 있죠? 그럼 일단 만드는 편이 좋지 않나요?"

"이익만을 생각한다면 그렇지. 하지만 희소가치가 있으면 다른 방식으로 쓸 수 있어. ……귀족과 부호들 사이에서 화제인 환상의 과자. 그걸 받으면 기쁘겠지? 이 초콜릿은 접대용으로 개발한 거야. ……그리고 그 밖에도 용도가 있어."

쉽게 손에 들어오지 않는 것일수록, 남들이 부러워하는 것일수록, 귀족과 부호는 갖고 싶어 한다.

그 점에서 초콜릿은 완벽했다. 먹어 본 사람이 자랑하고, 오르나에서만 팔고, 살 수 있는 것은 한 달에 한 번뿐. 그리고 품질도 좋다.

"아아, 알겠다! 아까 클레임이 잔뜩 들어와서 큰일이라고 했지? 그거, 터무니없는 조건을 제시하고 대신 초콜릿을 보내 주고 있는 거 아니야?"

"맞아. ……귀족과 부호는 허세가 심해서 참 고마워. 여성에게 잘 보이려고 하는 남자는 특히나 말이지. 여성이 졸라서 초콜릿을 갖다주겠다고 약속하고 저 혼자 난처해진 상대에게 정보 혹은 권리를 내놓거나 이것저것 편의를 봐달라고 하면 간단히 받아들이거든."

"우와, 시꺼메. 초콜릿보다 시꺼메!"

오르나가 초콜릿을 보내는 조건으로 요구한 것은 아무리 돈이 많아도 손에 넣을 수 없는 것들이었다. 그것이 앞으로 오르나에 엄청난 이익을 가져오리라.

놀랍게도 타국의 왕족마저 초콜릿의 매력에 빠져서 엄청난 것을 내놨다.

초콜릿에 희소성을 줬기에 이런 일이 가능해진 것이다.

"그런고로 이걸 선물로 들고 부탁하러 갈 생각이야. 이미 귀족들 사이에서 초콜릿의 가치는 금보다 높아. 다소 무리한 부탁도 들어 줄 거야."

센스 있게 포장된 종이 상자를 꺼냈다.

"아! 루그 치사해. 한 갑 더 있었어! 더 먹을 수 있잖아!"

"말했잖아. 이건 증정용이야."

"대체 누굴 만나러 가는 거야?"

"빛 속성 마법사. 디아의 스킬을 살리기 위해서 보러 갈 거야. 빛 마법, 빨리 써 보고 싶지?"

"윽, 그렇게 말하니 억지 부릴 수 없네."

"착하다. 상으로 다음에 초콜릿을 많이 보내 달라고 할게."

"야호! 루그 사랑해!"

디아가 안겨 들었고 타르트가 부럽다는 얼굴로 쳐다봤다.

평소와 같은 패턴인가. ……그렇게 생각했는데 타르트도 『루그 님, 사랑해요』라고 말하며 안겨 들었다. 어쩌면 아까 【종자의 헌신】으로 맺은 계약을 계기로 타르트의 의식이 바뀌었을지도 모른다.

"아무튼 놔 줘. 만나러 갈 준비를 해야지."

"네~."

"저기, 실례했습니다."

원래는 빛 마법 식을 알려 달라고 편지로 의뢰할 생각이었지만 그냥 직접 만나기로 했다.

만날 상대는 로마룽그 공작의 딸 네반. 그녀에게 초콜릿을 선물로 주고 빛 마법을 배울 것이다.

그리고 직접 가기로 정한 데에는 그때는 하지 못한 이야기를 하고 싶어졌다는 이유도 있었다. 왕자 암살과 관련해서 말이다.

어떤 전개가 펼쳐지든, 이 초콜릿으로 조금이라도 상대의 마음이 풀리면 좋겠다. 때때로 과자는 검보다 강한 무기가 된다.

제
13
화
—
암
살
자
는
외
출
한
다

The world's
best
assassin, to
reincarnate
in a different
world
aristocrat

내 방에서 2왕자 암살 계획을 면밀하게 세워 나갔다. 모처럼 로마룽그 공작가의 네반과 만나는 것이니 의미 있는 이야기를 하고 싶었다.

손에는 로마룽그 공작이 준 2왕자의 일정이 있었다.

"역시 2왕자를 노릴 거면 건국제야. 죽이기 쉬워."

건국제는 1년에 한 번 있는 축제다.

마족이 출현해서 올해는 자숙할 가능성도 있었지만 무사히 개최될 예정이다.

왕자도 성 밖으로 나와 퍼레이드에 참가한다.

상대는 왕자다. 암살된다면 나라의 위신을 지키기 위해 주모자를 밝혀내야 한다.

조사한다고 잡힐 만큼 멍청하게 굴지는 않을 거지만, 범인을 찾지 못하면 국가는 희생양을 준비한다.

……그러면 꿈자리가 사나워질 테고, 어떻게 불똥이 튈지 모른다. 왕자가 암살됐다는 카드는 다양한 세력이 다양한 형태로 악용할 수 있다.

137

하지만 병사한다면 범인을 만들 필요가 없다. 게다가 그란펠트 백작 부인과 그 추종자에게도 충분히 위협적이다.

"독이라고 여겨지면 한 방에 아웃인가. 꽤 귀찮네."

나는 손에 들린 바늘을 보았다.

암기 중 하나로 독이 발려 있었다. 재미있는 증상이 나타나는 독이고, 이쪽 세계에서는 아무리 조사해도 병이라고 판단될 것이다.

문제는 이걸 찌를 타이밍.

병사로 꾸밀 필요가 없다면 총으로 저격하면 그만이다. 총이라는 개념이 없으니, 1km 넘게 떨어진 곳에서 저격한다면 저쪽 상황을 고려조차 하지 않고 편하게 죽일 수 있다.

하지만 병사로 위장하기 위해서는 상당히 가까이 다가가서 이 바늘을 찔러야 한다.

'왕성의 결계는 성가셔.'

상대가 왕족이 아니라면 잘 때 침실에 숨어들어서 찌르면 된다.

하지만 왕성에서는 그게 불가능하다.

왕족이 사는 층에는 왕족과 호위 이외의 사람이 들어온 순간 작동하는 결계가 있다. 신구로 만든 것이라서 영혼의 파장을 감지했다. 사람이 아닌 존재가 만든 신구를 속이는 것은 내게도 불가능한 일이다.

결계가 작동하더라도 왕자를 죽이고 몰래 도망칠 자신은 있다. 하지만 결계가 작동했다는 것은 침입자가 있다는 뜻이고, 그러면 병사처럼 보이게 죽여도 암살당했다고 판정될지 모른다.

왕자가 성에서 나와야만 죽일 수 있다.

"……로마룽그 공작은 미나의 파티에서 죽이길 바라는 것 같지만. 아니, 이건 나를 시험하는 건가."

왕자의 일정 중에는 뱀 마족 미나의 가면, 그란펠트 백작 부인이 주최하는 파티에 참가한다는 것도 적혀 있었다. 심지어 배치와 글자체를 조정하여 눈길을 끌도록 잔꾀를 부렸다.

암살이라고 판정되면 끝. 하지만 딱 하나 예외가 있다.

2왕자를 농락한 본인에게 죄를 뒤집어씌우는 것이다.

예를 들어 백작 부인이 주최한 파티에서 2왕자가 살해당한다면 미나에게 희생양 역할을 떠넘길 수 있다.

망가진 인형과 흑막을 동시에 제거한다. 더할 나위 없이 효율적인 방법이다. ……상대가 미나가 아니었다면 말이다.

그란펠트 백작 부인이 왕자 시해죄를 뒤집어쓴다면 그녀에게 농락당하던 자들은 연루되지 않으려고 피하는 게 보통이다.

하지만 2왕자는 파기할 수밖에 없을 정도로 망가졌다. 그걸 생각하면 다른 이들도 피하기는커녕 격분하여 폭주할 가능성조차 있었다.

무엇보다 그 마족이 무슨 짓을 할지 모른다. 그란펠트 백작 부인의 탈을 쓰기 귀찮아지면 나라가 멸망할지도 모른다.

이건 나를 시험하는 것이리라. 일부러 주목하게 만들고서, 거길 노린다면 쓸모없는 수준이라고 평가할 것이다.

"재미있는데."

내가 노리는 건국제도 엄중한 경비를 뚫어야 하는 데다가 의심조차 받아서는 안 된다.

오랜만에 암살자로서 피가 끓었다.

……일류 암살자도 불가능한 일이다. 그렇기에 불타오른다.

◇

이튿날 아침, 전서구로 편지가 왔다.

저번에 내가 보낸 면회 희망에 대한 네반의 답장이었다.

"오늘 오후군."

상당히 급한 일정이다.

공작 영애는 바쁘다. 꽤 무리해서 일정을 잡았을 터다.

그만큼 이쪽을 중요하게 보고 있는 모양이다.

"으으으, 루그, 눈부셔."

"슬슬 일어나. 곧 있으면 아침 먹을 시간이야."

창문으로 들어온 빛 때문에 깬 디아가 상체를 일으키고 눈을 비볐다. 아무것도 입지 않았기에 귀여운 가슴이 드러났다.

"벌써 시간이 그렇게 됐어? 어제 루그가 늦게까지 안 놔 줘서 잠이 부족해."

"안 놔 준 사람은 디아겠지."

"역시 여심을 아직 모르는구나. 이럴 때는 여자의 체면을 세워주는 거야."

디아가 이불에서 빠져나가 옷장에서 갈아입을 옷을 꺼냈다.

"이 옷장, 다른 사람이 보면 큰일 날 것 같아. 여장 취미를 의심받거나 하렘 자식이라고 불릴 거야."

"……뭐, 그렇겠지."

옷장 안에는 디아와 타르트의 옷과 속옷이 수납되어 있었다.

디아는 애인이고, 타르트는 버려진 트라우마 때문에 외로워지면 내 이불에 숨어들기 때문이다.

디아가 옷을 다 갈아입었을 때, 노크 소리가 들렸다.

"루그 님, 디아 님, 아침밥이 준비됐어요!"

타르트의 기운찬 목소리가 울렸다.

이 목소리를 들으면 오늘도 또 새로운 하루가 시작됐다는 생각이 든다.

◇

아침을 먹은 후, 마차에 올라 출발했다.

"있지, 이제 와서 묻기도 뭐하지만 누굴 만나러 가는 거야?"

"로마룽그 공작 영애, 네반이야."

"우와, 혹시나 하긴 했는데, 빛나는 영애인가."

"알고 있었어?"

"물론이지. 그 이름은 스오이겔 왕국까지 들렸는걸."

네반도 유명인이다.

그 압도적인 미모, 매우 희귀한 빛 속성 마법사라는 것, 게다가 큰 실적까지 있었다.

"그런 사람이 용케 이야기를 들어 주네."

"……아직 말 안 했던가. 로마룽그 공작가는 투아하데의 상사야.
왕족의 의뢰가 국익이 되는지 판단하고, 우리의 암살을 정치에 어
떻게 살릴지 그들이 생각하고 행동해. 이건 물론 극비야."

표면과 이면은 이어져선 안 된다.

만에 하나 투아하데의 암살이 발각되더라도 두 가문의 연결 고
리가 알려지지 않았다면 투아하데를 버리기만 하면 된다. 하지만
연결 고리가 알려지면 암살이 발각됐을 때 로마룽그 공작가와 그
위에 있는 왕족에게까지 누가 미친다.

그래서 지금까지 로마룽그와 투아하데는 표면상 전혀 관련이 없
었다.

"그런데 이렇게 대낮에 당당히 마차 타고 영지에 들어가도 돼?"

"괜찮아. 오늘은 성기사로서 가는 거야. ……왕족의 의뢰라는 형
태로 말이지. 의뢰 내용도 이치에 맞아. 이걸 한나절 만에 준비하
다니, 살짝 믿기 힘들어."

평범한 남작가 사람이 공작가에 들어가면 의심을 사겠지만 성기
사라면 이야기가 다르다.

"빛나는 영애와 만난다고 생각하니까 긴장된다. 어떤 사람일까.
소문대로 예쁜 사람일까?"

"아주 예쁜 사람이었어요."

"왜 타르트가…… 그러고 보니 성에서 열린 다과회에 공주님과

로마룽그 공작 부녀가 나왔다고 했지."

디아가 조금 토라졌다.

상대방의 요구로 디아는 그 자리에 참석하지 못했었다.

알반 왕국이 세상에서 가장 아름답다고 자랑하는 정원을 못 봐서 여전히 약간 꽁해 있었다.

그렇게 이야기하다 보니 마침내 로마룽그 공작령에 도착했다.

대농지와 대목장, 과수원을 지나고, 무르테우보다 크면 컸지 작지는 않은 대도시를 빠져나가자 드디어 목적지였다.

영지에 들어오고 나서도 한참이 걸렸다. 이유는 단순했다. 너무나도 영지가 광대하기 때문이다.

"……이거, 정말로 하나의 영지야?"

"뭐든 있네요."

"평범한 귀족은 저마다 무기를 준비해서 영지를 가꾸고 특색을 줘. 농업이 특색이라 식량을 수출하거나, 상업 도시라서 장사에 전념하거나, 광산을 파서 광물을 가공하거나. 하지만 로마룽그 공작령은 그런 치우침이 없어. 농지도 목장도 공업도 상업도 전부 초일류야. 그래서 입이 험한 귀족은 비아냥을 담아 로마룽그령을 이렇게 불러. 로마룽그 제국. 알반 왕국 최강의 귀족이야."

궁극의 인간을 만들기 위한 품종 개량과 교육을 수백 년간 계속했다. 그걸 위해 전 세계에서 우수한 피와 교사를 탐욕스럽게 모았다.

그 결과가 우수한 백성과 전 세계에서 모인 지혜, 그리고 온갖 방면으로 뻗은 네트워크였다.

그것들이 상승효과를 만들고 있었다. 또한 뛰어난 인간들이 서로 경쟁하며 더욱 성장했다.

그러면서 로마룽그 제국이라는 말까지 들을 만큼 번영하게 되었다.

……로마룽그 제국이라는 호칭은 비아냥이지만, 두려움에서 나온 말이기도 했다.

드디어 목적지에 도착했다.

타르트와 디아가 마차 밖으로 몸을 빼고 눈을 크게 떴다. 나도 깜짝 놀랐다.

"우와아아아, 굉장해요. 아주아주 훌륭한 성이에요."

"굉장하지만, 너무 굉장하잖아! 루그, 이래도 되는 거야?! 왕성보다 훌륭한 성을 지었다고 안 혼나? 스오이겔에서 이런 짓을 하면 불손하다며 멸문당할 거야."

성이었다. 우리가 이제껏 본 어떤 성보다 아름답고 장엄하며, 무엇보다 기능적이었다.

아름다운 왕성도 이 성과 비교하면 존재감이 옅어졌다.

"이 성은 작년에 만들어졌어. 최첨단 기술로 만들 수 있는 이론상 최고의 성이라는 명목으로 말이지. 왕성에 있는 역사적인 성과는 규모도 성능도 비교가 안 돼. ……귀족이 왕보다 훌륭한 성을 만드는 건 칭찬받을 일이 아니야. 하지만 로마룽그 공작이기에 용서돼. 어떤 귀족보다도 왕에게 예의를 다하고 공헌하고 있으니까."

그건 명목이고, 로마룽그에게 싸움을 걸 수 있을 만큼의 힘이 왕족이나 다른 귀족에게 없다는 이유가 컸다.

"저기, 루그. 만약에 말이야. 로마룽그가 마음만 먹는다면 나라를 강탈할 수 있을까?"

"내가 태어나기 전부터 언제든 가능했을 거야."

그게 이 나라의 진실이다.

알반 왕국이 알반 왕국으로 있을 수 있는 것은 로마룽그가 왕에게 충성을 맹세했기 때문이다.

이렇게 강대한 힘이 있기에 다른 모든 귀족을 감독할 수 있었다.

이만한 힘이 있으면서 로마룽그는 이 힘을 나라를 위해 사용했다.

"자, 갈까. 곧 있으면 약속 시간이야."

성 주위에 거대한 호수가 있어서 훌륭한 다리를 건넜다. 맑은 호수에서 많은 물고기가 헤엄치고 있었다. 식용, 그것도 고급어가 많았다. 이 해자는 성을 지키기 위한 것이면서 동시에 양식장이기도 할 것이다. 효율을 추구하는 로마룽그다웠다.

마음을 다잡았다.

······나라를 지배하는 괴물과 본거지에서 만난다.

방심한다면 순식간에 잡아먹힐 것이다.

알반 왕국에서 제일인, 아니, 세계적으로도 가장 완성된 성에 발을 들였다.

대체 이걸 만드는 데 얼마나 돈을 썼을까?

대체 우수한 인재와 노동력이 얼마나 있으면 가능한 걸까?

생각만 해도 무서워진다.

"가까이서 보니까 더더욱 굉장한데."

"응. 이런 건 지금껏 본 적 없고, 앞으로도 없을 거야."

이 성에서는 미학이 느껴졌다.

기능성을 추구하여 아름다움과 기품 같은 것은 뒷전으로 미뤘을 터다.

그런데도 극한까지 추구한 기능성은 아름다움을 느끼게 했고, 기능성을 우선하면서도 곳곳에 심혈을 기울인 것이 보였다.

……야심이 아주 큰 귀족도 이런 성을 본다면 격이 다름을 통감하고 좌절할 것 같다.

디아의 얼굴이 호기심으로 빛났다.

"루그, 눈치챘어?"

"그래. 마력의 기운이 느껴져. 이렇게나 복

147

잡한 마도구를 실용화하다니."

문을 지난 순간, 누군가가 보고 있는 기분이 들었다.

왕성에도 있는 감지형 결계.

그것보다는 조잡했다. 내가 속이고자 하면 속일 수 있는 수준이었다.

하지만 사람의 손으로 이토록 복잡한 기능을 가진 마도구를 만들었다니 믿을 수 없었다.

그렇게 생각하다 보니 성내에 도착했고 사용인이 인사했다.

키가 크고 기품이 있는 중년 남성이었다.

그를 보고 동요했다. 처음 보는 얼굴이지만 아는 사람이었다.

……대체 무슨 생각이지?

정원이나 응접실로 안내할 줄 알았는데, 의외로 부지 내에 있는 실내 훈련장으로 안내했다.

성에 걸맞게 규모가 터무니없이 컸다.

거기서 200명이 넘는 기사들이 검을 맞부딪치고 있었다.

사용인이 입을 열었다.

"어떠십니까? 우리 로마룽그의 정예들입니다. 훌륭하지 않습니까?"

성을 보고 깜짝 놀랐는데 이곳에서도 놀랐다.

200명 전원이 마력 보유자고 잘 단련되어 있었다.

희소할 터인 마력 보유자가 여기에만 200명이 있었다.

투아하데는 본가와 분가의 마력 보유자를 전부 합쳐도 스무 명. 노인, 여성, 어린아이까지 포함한 숫자였다.

하지만 여기 모인 200명은 전부 강인한 남성이었다. 규모가 너무 달랐다.

대체 무슨 마술일까.

생각할 필요도 없다. 로마룽그의 방식이라면 이렇게 되리라.

뛰어난 핏줄을 남기기 위해 우수한 인간을 닥치는 대로 모아 아이를 낳는다.

특별히 뛰어난 자가 아니면 로마룽그라는 이름을 쓸 수 없지만, 로마룽그와 우수한 피가 섞인 서러브레드는 남는다.

"좋은 검을 쓰는군요."

"안목이 높으십니다. 로마룽그에서는 저것을 강철검이라고 부르고 있습니다."

이 세계에서 쓰이는 무기는 제철 기술이 미숙하여 순도가 낮은 철을 사용한 검이 일반적이었다. 하지만 여기서 쓰이고 있는 것은 순도가 높은 철이 아니라 철에 탄소를 더하여 강도를 더욱 높인 강철이었다.

세계의 표준보다 두 걸음 앞서가고 있었다. 강철로 검을 주조하는 일도 단순하지 않았다.

전 세계의 재능 있는 이를 모았기에 가능한 일이리라.

눈에 보이는 수만 따져도 200명이나 되는 마력 보유자가 세계 표준보다 두 걸음 앞선 무기를 사용했다.

최강이 아닐 리가 없다.

"성기사님께 하나 더 보여 드리고 싶은 것이 있습니다. 저기 있는 집단은 비마력 보유자입니다."

"들고 있는 건 크로스보우인가."

"예, 잘 아시는군요."

사격 훈련 중이었다.

이건 이것대로 등골이 얼어붙는 광경이었다.

일단 표준적인 크로스보우보다 한층 컸다.

그리고 메커니즘이 복잡했다.

크로스보우 두 개를 겹쳐서 연사가 가능했고 풋 페달이 달려 있었다.

그뿐만 아니라 도르래를 사용하여 시위를 당기는 구조였다.

내가 살던 시대에서는 컴파운드 크로스보우라고 부르던 것으로, 자신의 근력 이상의 힘으로 화살을 쏠 수 있는 크로스보우의 진화형이었다.

보고 있자니 발로 페달을 밟고 등 근육에 힘을 주며 전력으로 화살을 당겼다. 저렇게 하면 손으로 당기는 것보다 훨씬 힘이 들어간다.

게다가 여기 있는 모두가 어마어마하게 단련된 근육을 가지고 있었다.

그런 근육질들이 얼굴이 시뻘게져서 다릿심을 포함한 전신의 힘을 최대한으로 사용하고 도르래의 힘까지 빌려 간신히 화살을 당길 수 있었다.

"대체 얼마나 말도 안 되는 장력인 거야."

애초에 그런 장력을 가진 시위를 이 시대에 만들 수 있다는 것 자체가 이상했다.

200명이 두 줄로 섰다.

과녁은 50m 앞에 있는 강철 갑옷.

일반적인 마력 보유자가 마력으로 신체를 강화했을 때의 강도는 철을 뛰어넘는다.

하지만 강철에는 미치지 못한다.

그렇군. 저 과녁은 그런 뜻인가.

"재미있는 장면을 보실 수 있을 겁니다."

사용인이 웃었다.

"쏴라!!"

그 말과 함께 첫 번째 줄이 일제히 사격했다.

크로스보우 특유의 짧은 화살 100개가 날아가며 강철 갑옷에 구멍이 숭숭 뚫렸다.

즉, 무적이라고 여겨졌던 마력 보유자를 비마력 보유자도 죽일 수 있다는 증명이었다.

"재미있는 장면을 봤어. 일반 병사가 마력 보유자를 죽일 수 있는 시대의 개막인가."

진심으로 놀랐다.

마력 보유자가 압도적으로 강한 이유는 그 방어력에 있다.

일반병의 화살도, 검도, 투석도, 마력을 가지고 있는 한은 큰 대미지가 되지 않는다.

그렇기에 전장에서는 무적이었고, 마력 보유자만이 마력 보유자를 죽일 수 있었다. 그래서 전장의 주역이었다. 죽지 않고 계속 죽일 수 있었다.

그 전제가 무너졌다.

아무리 공격력이 있고 빨라도 죽을 때는 간단히 죽는다. 그렇게 되면 무적의 장기말에서 그저 편리한 장기말로 전락한다.

지금처럼 100명이 줄지어 일제히 사격하면 피하기도 어렵다.

마력 보유자의 시대가 끝나는 것이다.

물론 일반적인 마력 보유자가 그렇다는 것이고, 초일급품 마력을 가진 자라면 버틸 수 있다.

그렇다고 해도 마력 보유자 대부분은 가치와 권위를 잃을 것이다.

……언젠가 그런 시대가 오리라고 생각은 했었다. 그건 화약과 총의 발명으로 인한 변화일 줄 알았다.

설마 이렇게 힘으로 도달할 줄이야.

나는 깊이 숨을 들이마셨다.

연극에 장단을 맞춰 주는 것은 끝이다.

의도적으로 손윗사람에게 쓰는 말투로 바꿨다.

"대체 무슨 의도로 이걸 제게 보여 주신 겁니까? 로마룽그 공작님. 설마 전쟁을 벌일 테니 투아하데도 협력하라는 뜻인지요?"

거역해도 소용없음을 알려 주기 위해 압도적인 힘을 보이는 것은 동료로 끌어들이기 위한 정석이었다.

"하하하, 들켰나. 이거 부끄럽군. 언제부터 눈치챘나?"

사용인으로 변장했던 로마룽그 공작이 웃었다.

"처음부터 눈치챘습니다. 저는 프로입니다. 아마추어의 변장 정도는 간파합니다. 저번에는 네반 님이 저를 속이려고 하더니, 이번에는 공작님입니까."

"변장에는 자신 있었는데 말이지. 자네가 보기에는 아마추어인가."

얼굴을 잡고 가죽을 뜯어냈다. 정교하게 만들어진 마스크였다. 내가 아니었다면 눈치채지 못했으리라.

실제로 타르트와 디아가 눈을 크게 뜨고 있었다.

"자네의 질문에 답할까. 데릴사위로 들어올 자네에게 귀족의 시대는 끝났음을 보여 주고 싶었네. 귀족이 특권을 가지고 으스댈 수 있는 것은 압도적으로 강하기 때문이야. 무능한 영주조차 너희를 보호해 주겠다며 백성 위에 서 있어."

그저 마력만 가진 무능한 이조차 영지 경영은 안정적이었다.

아무튼 귀족은 너무 강했다. 반란을 일으켜도 농민들은 절대 이길 수 없다. 야반도주하는 것이 고작이었다.

게다가 그 강함이 자신들을 비호해 준다고 느끼고 있었다. 마물이 나타나면 마력 보유자에게 매달릴 수밖에 없다. 그래서 마력 보유자는 신처럼 보인다. 어떤 불만도 참자는 생각이 든다.

"그렇겠죠. 간단히 죽일 수 있다면 그게 뒤집힙니다. 마력의 유무가 모든 것을 결정하지 않고, 마력을 가진 것은 하나의 장점에 불과하다고 생각하는 시대가 오겠죠."

마력 보유자를 간단히 죽일 수 있고 마물도 일반인이 대처할 수 있으면 신은 평범한 인간이 되어 버린다.

지금까지 계속 참았던 불만이 폭발하여 무능한 귀족이 다스리는 영지에서는 폭동이 일어날 것이다.

내가 살던 세계에서도 그랬다.

기사가 압도적인 존재가 아니게 되면서 귀족 제도는 붕괴했다.

전문적인 교육을 받고, 말을 타고, 고가의 장비를 갖춘 기사는 최강이었다.

그러나 무기가 진보하며 갑옷이 의미를 잃고, 무술을 수행해도 전장에서 두드러지게 도움이 되지 않게 되었다. 도적조차 마음대로 무찌르지 못했다. 전쟁이 단순한 숫자 싸움이 되고, 기사가 하나의 장기말이 된 순간, 존경과 동경과 신앙은 사라지고 기사는 평범한 사람으로 전락했다.

여기서도 똑같은 일이 일어나려고 했다.

무능한 영주는 도태되고, 마력을 가지지 않은 일반인이 그 자리를 대신할 것이다.

"재미있지 않나? 그저 마력이 없다는 이유로 무시당하던 유능한 인재가 야심과 함께 차례차례 대두할 걸세. ……옛 지배자인 우리를 밀어내고 말이야. 혹은 비마력 보유자들만의 나라를 만들어서 우리를 제거하려고 들지도 모르지."

"재미있지는 않습니다. 지금 일반 왕국은 안정적이니까요. 적어도 환영은 할 수 없습니다."

"그런 얼빠진 소리를 하다니, 자네답지 않군."

내가 꺼낸 일반론을 얼빠진 소리라고 하는 것이 로마룽그 공작다웠다.

그는 한참 앞을 보고 있었다.

"……공작님은 이렇게 생각하고 계시겠죠. 로마룽그에서 마력 보유자를 죽일 수 있는 무기를 만들었다. 그러니 다른 곳에서도 만들었을지 모르고, 아니더라도 언젠가 확실하게 만든다. 그렇다면 알반 왕국은 다른 어느 곳보다 빨리 그 변화에 대응해야 한다. 이대로 있으면 마력 보유자를 죽이는 무기를 대량으로 장비한 타국의 병사가 어느 날 갑자기 쳐들어와서 멸망한다."

"정답이네. 그게 전부는 아니지만 말이야."

"다른 하나도 상상이 갑니다. 그럼에도 죽지 않는 압도적인 존재야말로 군림하기에 합당한 자. 네, 공작님 같은 분이요. 로마룽그 공작님이라면 저 크로스보우를 맞아도 죽지 않겠죠."

"자네 또한 그렇고 말이지. 응, 자네의 답은 완벽해. 나와 똑같은 시선으로 생각할 줄 아는 이는 내 가신 중에도 없었네. 역시 자네는 좋아."

뒤에서 음속을 뛰어넘은 속도로 짧은 화살이 날아왔다.

돌아보지도 않고 그것을 손가락 사이에 끼워 잡았다.

로마룽그 공작이 박수 쳤다.

"이 변화는 마력 보유자라는 이유만으로 으스대는 귀족들을 걸러 내겠지. 여기서 살아남는 것이 진짜 귀족이네. 그런 진짜 귀족에게야말로 이 나라를 이끌어 갈 가치가 있어. 그런고로 자네는 합격이네. 자네를 갖고 싶군. 사위로 적합한지 시험한다고 실례되는 짓을 저질렀어. 사과는 준비해 뒀네."

"그에 관해 말씀드리고 싶은데, 저는 네반 님과 결혼할 생각이 없습니다."

평범한 투아하데라면 용서받을 수 없는 발언이다.

하지만 성기사라면 용서받는다.

"그래, 알고 있네. 하지만 나는 사위로 제격이라고 생각했네. 그러니 그렇게 할 뿐이야. 자네가 싫어할 만한 일은 하지 않을 걸세. 안심하게. 내 용건은 끝이네. 네반이 기다리고 있으니 가게."

그리고 진짜 사용인이 나타났다.

공작은 나를 시험했다고 말했지만, 어떤 의미에서 이건 그 나름의 성의일지도 모른다.

자신의 패를 밝히고, 자신의 생각을 공유하고서 끌어들였다.

……로마룽그의 가주가 되어 이 땅을 다스리면 재미있을 것 같다고 살짝 생각하고 말았다. 이만한 힘이 있으면 뭐든 할 수 있다.

하지만 나는 투아하데다. 그리고 디아와 타르트를 좋아한다.

그러니 나는 로마룽그가 될 수 없다. 어디까지나 루그 투아하데다.

살짝 다른 길로 샜지만 네반과 만나자.

그녀는 그녀대로 이것저것 꾸몄을 것 같다.

방심할 수가 없다.

제 15 화 ── 암살자는 새로운 동료를 얻는다

The world's best assassin, to reincarnate in a different world aristocrat

이번에야말로 만나고자 한 인물과 만난다.

로마룽그 공작가의 영애 네반.

그저 단순히 직계로 태어났다고 로마룽그라는 이름을 쓸 수 있는 것은 아니었다.

진정한 인간을 목표로 품종 개량과 영재 교육을 이어 온 로마룽그의 당대 최고 걸작임을 의미했다.

그런 네반 곁으로 안내하는 사용인을 따라 저택을 걸었다.

"저기, 루그. 빛 마법은 어떤 마법일까? 실제로 본 적이 없고, 제대로 된 자료도 없어서 모르겠어."

"아, 저도 궁금해요. 울림은 멋있는데 실제로는 어떨까요?"

"울림만 멋있는 게 아니라 아주 강력한 속성이야. 공격에 쓸 때는 가장 빠르고 사정거리도 긴 고성능 마법이지. 빛 마법인 만큼 속도는 광속이야."

"절대 못 피하겠네요."

직접 빛 속성 마법사와 대치했을 때를 상상

하고 타르트가 식은땀을 흘렸다.

"맞아. 쏜 순간 조준이 빗나가지 않았다면 그걸로 끝이야. 이렇게 성가신 공격은 달리 없어."

빛 마법에 관해서는 문헌이 거의 없어서 이 세계에는 제대로 된 정보가 없었다.

하지만 나는 여신의 방에서 배웠다.

"「공격에 쓸 때」라고 말한 걸 보면 다른 용도로도 쓸 수 있나 봐?"

"빛을 사용한 탐색 마법은 아주 광범위하고 전달 속도가 빨라. 회복 마법도 쓸 수 있어. 투아하데의 의료 마법은 기껏해야 외과 수술을 보조하고 자가 치유력 강화를 돕는 게 고작이지만 빛 마법은 차원이 달라. 개념적인 치유라고 해야겠지. 공격, 조사, 회복, 뭐든 가능한 데다가 어느 분야든 성능은 정상급이야."

"……그걸 들으니까 더더욱 갖고 싶어졌어."

디아가 호기심을 억누르지 못하고 설렌다는 표정을 지었다.

실제로 속성을 하나만 고르자면 빛일 것이다.

나는 두 가지 이유로 고르지 않았지만.

첫째, 빛과 어둠은 단일로만 취득할 수 있다. 이중 속성이나 전 속성의 대상이 아니다. 아무리 빛이 우수해도 기본 4속성인 땅·불·바람·물을 전부 쓸 수 있는 편이 낫다.

둘째, 공격력 결여. 빛은 빠르다. 하지만 마력 소모 대비 공격력은 압도적인 에너지양을 가진 불이나 질량을 가진 땅과 비교해서 현저히 떨어진다. 나보다 실력이 뛰어난 용사를 죽이려면 화력이 필요하기에 우선순위를 낮췄다.

"여러분, 이쪽으로 드시지요."

사용인이 문을 열자 피아노 소리가 울려 퍼졌다.

아름답고 세련된 선율이었다.

세련된 것은 피아노 음색뿐만이 아니었다. 이 방에 있는 모든 것이 세련의 극치였다.

이 세계에서 가장 뛰어난 것을 모았으면서도 전체적으로 조화를 이루어 졸부 같은 느낌을 주지 않았다.

진짜 귀족 특유의 센스였다.

"어서 오세요, 루그 투아하데와 동료분들. 여러분이 오기를 기다리고 있었답니다."

보라색 머리카락을 찰랑이며 그녀가 돌아보았다.

"저야말로 재회를 고대하고 있었습니다."

"어머나, 능숙하시네요. 귀여운 하녀분은 지난번에도 같이 왔었죠? 그쪽에 계신 분은?"

"디아, 인사해."

"처음 뵙겠습니다. 저는 클로디아 투아하데. 성기사의 종자입니다."

알반 왕국식으로 인사했다.

디아의 동작은 더할 나위 없을 만큼 근사했다.

"어머, 클로디아 씨. 정말 사랑스러우시네요. ……그리고 동류의 냄새가 나요."

"글쎄요, 어떨까요?"

동류인가. 역시 예리하다. 한눈에 디아가 고귀한 출생임을 간파했다.

"앉으세요."

"그럼 감사히."

우리는 자리에 앉았다.

"여러분이 오신다고 해서 비장의 다과를 준비했어요. 하지만 그것보다 훨씬 더 좋은 것을 받았으니 오늘은 그쪽을 대접할게요. 지난달에 그걸 먹고 줄~곧 초콜릿 생각밖에 안 들었는데. 다시 손에 들어올 줄은 몰랐어요."

아무래도 성에 들어올 때 사용인에게 건넨 초콜릿에 관해 들었나 보다.

"마음에 드셨다니 다행입니다."

"어떻게 손에 넣으셨나요? 제가 수를 써도 손에 들어오지 않았는데."

이 말을 번역하면 「4대 공작가조차 손에 넣지 못한 것을 남작가가 어떻게 가지고 있느냐?」였다.

"하하하, 아시잖습니까? 저와 오르나의 대표 대리는 연인 사이니까요. 다소간은 편의를 봐줍니다."

"아! 그렇게 공사를 혼동하는 건 치사해요. 하지만 덕분에 초콜릿을 얻어먹으니 그냥 넘어가 드릴게요. 자, 준비가 다 됐어요."

아름답게 접시에 담긴 초콜릿과 차가 나왔다.

"역시 오르나의 과자는 오르나의 차와 먹어야죠. 아아, 환상적이네요. 달콤하면서도 쌉쓰레한 이 고귀한 맛. 초콜릿이 아니면 이

맛은 즐길 수 없어요. 그야말로 귀족의 과자예요. 매일 먹고 싶을
정도예요."

네반은 천진난만하게 초콜릿을 먹었다.

이렇게 보면 그저 곱게 자란 아가씨 같았다.

하지만 본성은 다르다.

빈틈없는 모습보다 이런 천진난만한 모습을 남성이 기뻐하기에
익혔을 것이다.

완벽한 연기라서 나는 알 수 있었다.

아까 네반은 디아보고 동류라고 했지만, 다른 의미에서 나와도
동류였다.

우리는 잡담을 나누며 초콜릿을 즐겼다.

"부탁드린 빛 마법에 관해 생각해 보셨는지요?"

"물론 좋아요. 성기사님이 마왕과 마족을 타도하는 데 필요하다
고 하셨으니까요. 얄반 왕국의 귀족으로서 당연히 협력해야죠."

네반은 미소 지으며 양피지 한 장을 꺼냈다.

마법 문자가 적혀 있었다. 디아의 스킬이 있으니, 빛 속성 술식이
하나라도 있으면 속성을 바꿀 수 있다.

"그럼 감사히."

손을 뻗었지만 종이가 쑥 물러났다.

일부러 아랫부분을 읽지 못하도록 접어 뒀다. 내 순간 기억 능력
을 막는 대책인가. 이제부터 교섭할 생각인데 내용을 외워 버리면
의미가 없다.

"협력은 하겠지만 공짜로 드릴 수는 없어요."

"초콜릿만으로는 대가가 부족합니까?"

"마음이 꽤 흔들리지만 살짝 모자라요. 제가 뭘 원하는지 맞혀 보시겠어요?"

상대의 진의를 깨달았다.

네반이 명확하게 가지고 싶다고 말한 적이 있는 것은 나 자신.

"영애가 원하는 건 저입니까?"

"정답이에요."

"제 인생을 로마룽그에 바치기에 빛 마법은 너무 저렴하군요. 영애도 그렇게 생각하지 않습니까? 빛 마법으로 살 수 있는 남자가 로마룽그 공작가에 어울릴 리가 없죠."

"말솜씨가 좋으시네요. 그렇게 말씀하시니 차점으로 생각한 제안도 못 하겠어요. 결혼을 거절당하면 씨내리만이라도 부탁하려고 했거든요."

옆에서 타르트와 디아가 콜록거렸다.

그녀들에게는 자극이 셌던 모양이다.

네반이 사용하는 교섭술은 지극히 기본적이었다.

먼저 무리한 요구를 하고 타협안을 내놓는다.

이 수법은 단순하지만 옳다. 한 번 거절했다는 미안함에 타협안을 받아들이고 만다.

하지만 네반은 말은 이렇게 해도 그 타협안조차 거절당하는 전제로 이야기를 진행하고 있었다.

"그럼 이렇게 하죠."

짝 손뼉을 쳤다.

"저는 당신을 더 알고 싶어요. 그러니까…… 다음 마족과의 싸움에 저도 동행시켜 주세요."

오늘 본 표정 중에 가장 예쁜 웃음이 나왔다.

"그건 어렵습니다. 생명을 보장할 수 없습니다. 불과 얼마 전에 노이슈와 그가 만든 기사단이 동행을 부탁했지만, 저는 그들에게 너희는 짐짝이니 따라오지 말라고 했습니다. 영애를 특별 취급할 수는 없고, 영애를 위한 일이기도 합니다."

"그거라면 걱정하지 마세요. 실은 노이슈와 귀여운 메이드의 싸움을 저도 봤어요. 보고 말하는 거예요. 저는 귀여운 메이드보다 강해요. 이래 봬도 저는 로마룽그예요."

로마룽그다. 이보다 더 설득력 있는 말은 없다.

그리고 틀림없는 사실이었다. 눈앞에 있는 것은 괴물임을 나는 진작에 눈치챘다.

네반은 지금 이대로도 타르트보다 강하다.

다만 한 가지 신경 쓰이는 점이 있었다.

"싸움을 보셨다는 건 농담이겠죠. 제가 그 파티에 침입한 자를 눈치채지 못했을 리가 없습니다."

"정말로 그곳에 있었어요. 왜 눈치채지 못했는지 알려 드릴까요? 저는 처음부터 안에 있었거든요. 노이슈가 모은 기사단원 한 명과 바꿔치기했죠. 대역 일을 해서 그런지 변장은 특기예요."

163

당했다.

그건 역시 눈치챌 수 없다. 그 당시 나는 네반을 본 적이 없었다. 게다가 노이슈의 부하들과도 초면이었다.

그 자리에 있었다면 이미 언질을 줘 버렸다.

나는 노이슈의 다과회에서 타르트보다 강하다면 함께 싸울 자격이 있다고 말해 버렸다.

"······일단 묻겠는데, 왜 그곳에 계셨습니까? 변장까지 하고서."

"당신에게 관심이 있었으니까요. ······뭐, 그건 부차적인 이유고, 실은 바보 같은 소꿉친구가 바보 왕자와 똑같은 길을 걸을 것 같아서 살짝 감시하러 간 거예요. 당신이 못을 박아 줘서 다행이에요. 그것은 그것대로 우수해서 쓸모가 많거든요."

"네반 님 같은 미인에게 사랑받다니 노이슈는 행운아군요."

"딱히 이성으로 보지는 않아요. 로마룽그로 맞아들이기에는 불합격이에요. 저는 그것의 아이를 낳을 생각이 없어요. 다만 못난 동생 정도로는 좋아해요. 옛날부터 사사건건 졸졸 쫓아다니는 게 강아지 같고 귀여워서요."

······로마룽그 영애에게는 학원 수석조차 못난 동생인가. 무시무시하군.

주위가 이상해서 그렇지 노이슈는 틀림없이 천재인데.

"역시 그 조건은 받아들이기 어렵습니다. 로마룽그 가문의 영애에게 무슨 일이 생기면 책임질 수 없으니까요."

"그게 문제라면 아무 지장도 없어요. 이 나라를 지키기 위해 앞장서는 것이야말로 귀족의 책무인걸요. 정 걱정되면 무슨 일이 생기더라도 당신의 책임이 아니라고 몇 자 적어 드릴까요?"

"반대로 묻겠는데, 어째서 그렇게까지 동행하려고 하십니까?"

"질문에 질문으로 대답하는 것은 세련되지 않네요. 하지만 특별히 대답해 드릴게요. 이것도 두 가지 이유가 있어요. 당신이 너무너무 궁금해요. 어떻게 마족을 죽였는지, 학원이 습격받았을 때, 그렇게 많은 마물 무리를 어떻게 일소했는지. 당신에게는 비밀이 아주 많아요."

"그건 나라에 제출한 보고서를 봐 주시길."

보통은 볼 수 없는 극비 자료다.

하지만 네반이라면 볼 수 있을 터…… 아니, 이미 봤을 터다.

"온통 거짓말뿐이던데요. 그러니까 이 눈으로 직접 보고 싶어요."

거절하고 싶다.

총이라는 개념을 로마룽그 공작가가 얻는다면 어떻게 될지.

크로스보우로도 그런 물건을 만들었다. 정말로 나라의 기반이 뒤집힐 수도 있다.

하지만 거절한다면 멋대로 감시인을 파견할 것이다. 그나마 옆에 두는 편이 낫다는 생각도 든다.

"또 다른 이유는?"

"역시 루그 씨의 피는 로마룽그에 필요해요. 평범한 하급 귀족이라면 권력으로 『이얍』 하겠지만 성기사라면 어려워요. 그러니까 정공법으로 매료시키기로 했어요. 그러려면 함께 있는 시간과 『꽁냥

165

꽁냥』이 필요할 것 같아서요. 걱정하지 마세요. 금방 함락할 거예요. 뭐, 무리라면 겁탈해서 정자만이라도 받을 거니까 신경 쓰지 마시고요. 천장의 얼룩을 세다 보면 끝날 거예요."

꽁장한 자신감이다.

근데 후반에 뭐라고 한 거지. 로마룽그가 그렇게나 이상한 걸까, 네반이 특이한 걸까.

옆에서 타르트와 디아의 시선이 꽂혔다.

"……조건이 있습니다. 동행하면서 본 것은 누설하면 안 됩니다. 또한 제 기술을 빼돌리면 안 됩니다. 지키실 수 있다면 받아들이겠습니다."

"네, 기꺼이. 함께 마족과 싸우는 게 기대되네요. 그럼 여기, 빛 마법을 적은 서류예요."

결국 넘어가고 말았다.

하지만 목표는 달성했다.

이로써 디아가 빛 마법을 익힐 수 있다.

마음을 다잡고 또 다른 용건도 정리하자.

"그리고 2왕자 암살 계획에 관한 자료를 준비했습니다. 로마룽그의 힘을 빌려야 하는 계획입니다. 마침 이렇게 자리를 마련했으니 이쪽도 확실하게 해 두죠."

"네, 허가할게요. 나중에 훑어보겠어요."

"……보지도 않고 허가하시는 겁니까?"

"당신이 암살을 그르칠 리가 없죠. 본업조차 못 하는 남자라면 제가 당신의 아이를 갖고 싶어 할 리가 없어요."

상당히 신용하고 있나 보다.

아니, 신용하는 것은 내가 아니라 자신의 감성이겠지.

"그럼 제가 성기사의 종자가 될 수 있도록 조치해 둘게요. 루그 씨 쪽에서도 신청해 주세요."

생각지 못한 곳에서 새로운 동료가 생겼다.

발목을 잡기는커녕 네반은 큰 도움이 될 것이다.

잘못 쓰지 않는다면 강력한 무기가 되지만, 조금만 삐끗해도 지옥행이다.

조심히 취급해야 한다.

……그리고 전혀 다른 방면으로도 조심해야 한다. 나중에 디아, 타르트와 찬찬히 얘기하자.

Episode16

제
16
화
─
암
살
자
는
왕
자
를
죽
인
다

The world's
best
assassin, to
reincarnate
in a different
world
aristocrat

왕도에 왔다.

목적은 건국제 때 2왕자를 암살하는 것이었다.

계획을 짜며 2왕자의 정보를 수집했는데, 파리나 공주와 로마룽그 공작이 왜 손쓰기엔 늦었다고 말했는지 이해했다.

그는 이미 국익 따위 신경도 안 쓰고 뱀 마족 미나의 끄나풀이 되어 있었다.

파리나 공주의 꼭두각시로 움직이면서 얻은 공적이 있는 만큼 질이 더 나빴다. 2왕자라는 입장과 빛나는 실적이 있는 탓에 막을 수가 없었다.

"귀여운 종자들은 안 데려오셨네요."

"가능하다면 너도 데려오고 싶지 않았어."

나는 변장하고서 건국제에 참가해 있었다.

젊은 상인, 프랭크 할츠먼으로서.

프랭크 할츠먼의 호적은 아버지가 준비한 것이 아니라 내가 독자적으로 손에 넣었다. 행상 중에 마물에게 잡아먹힌 상인으로 천애고독한 몸. 이름을 빌리기에는 안성맞춤인 인물이었다.

건국제에는 많은 가게가 참가한다.

거기에 프랭크 할츠먼의 이름으로 노점을 열었다.

그리고 어째선지 네반이 가게를 도와주고 있었다. 물론 변장하고서.

크레이프를 판매 중이었다. 감자녹말을 반죽에 섞어 특별히 만든 크레이프였다.

이렇게 하면 전분량이 많아져서 식감이 쫀득해진다.

식감뿐만 아니라 얇게 구워도 찢어지지 않는다는 이점이 있고, 반죽이 거의 투명해진다.

속이 보일 만큼 얇게 구운 반죽은 아름답고, 입 안에 들러붙어서 관능적이다.

크레이프 속은 고급 생크림과 극상의 제철 과일.

노림수는 적중하여, 가게를 열고 얼마 지나지 않아 줄이 생겼고 그 줄은 한 번도 끊기지 않았다.

후원해 줄 테니 왕도에서 가게를 열지 않겠냐는 제안까지 받을 정도였다.

"입맛 까다로운 사람들뿐인 왕도에서 줄이 생기다니, 자랑스러워 하셔도 돼요. 요리사로서도 초일류군요. 하지만 조금 과한 것 아닌가요?"

"여기는 왕도야. 왕도에서 허가해 줄 만한 노점인데 일류가 아닌 음식을 내놓는 게 더 눈에 띄어."

통상적으로는 암살할 때 손님이 적으면 적을수록 좋다. 손님이 많으면 움직일 수 없게 된다. ……하지만 그건 일반론이다. 이번 암살에서는 손님이라는 블라인드가 많은 편이 좋았다.

"그것도 그러네요. 하지만 본업에 악영향을 주진 않나요?"

"이 상황에서도 할 수 있어. 오히려 이렇게 북적이는 편이 좋은 방패막이가 돼."

줄이 생길 만큼 장사가 잘되는 가게에서 손님을 받으며 왕자를 죽일 거라고는 누구도 생각하지 않을 것이다.

덧붙여 지금까지 나눈 대화는 전부 소리를 내지 않았다.

아주 살짝 입가를 변화시키고 서로가 독순술을 쓰고 있었다.

심지어 입술을 주시하지 않고 시점은 다른 곳에 두고서 시야 끄트머리로 파악하고 있었다. 서로의 입술을 빤히 보면 주위에서 수상쩍게 여기기 때문이다.

……특수 기능인데도 불구하고 한 번 가르쳐 주자 간단히 해내는 것을 보면 네반은 괴물이다.

타르트와 디아를 데려오지 않은 큰 이유는 변장 기술이 부족하기 때문이었다.

내가 힘을 빌려주면 겉모습은 어떻게든 변장할 수 있다.

하지만 그 두 사람은 행동거지까지 꾸며내지 못한다. 완벽하게 다른 사람을 연기하려면 자신 안에 별개의 인물을 구축하여 그 호흡, 버릇, 화법, 동작, 사고방식, 다른 사람과의 거리 등을 무의식적으로 트레이싱해야 한다.

그러지 못하면 그저 코스프레다.

하루아침에 할 수 있는 일은 아니었다. 하지만 네반은 가능했다.

괜히 파리나 공주의 대역이 아니었다.

"후후, 당신의 암살을 보는 게 기대돼요."

"계획서는 건넸잖아."

"네. 하지만 여기서 노려서 병사시킨다고만 적혀 있었어요. 조심성이 많으시네요."

"안심하고 지켜보도록 해. 보더라도 이해할지는 모르겠지만."

이 장소를 확보한 시점에 작전의 9할은 성공했다.

왕족이 퍼레이드에 이용하는 코스, 시간, 호위의 수, 배치, 사용하는 마차 등등 온갖 정보를 사전에 철저히 조사했다.

'여기가 가장 노리기 쉬운 곳이야.'

진행 루트 중에 왕자를 태운 마차와 관객이 상당히 가까워지는 포인트가 있었다. 길이 좁아지는 데다가 꺾이는 곳이라서 부득이하게 가까워졌다.

그게 이 노점이 있는 곳이었다.

왕자의 마차와 3m까지 거리가 가까워진다.

그 3m가 이번 조건으로 암살 가능한 거리였다.

이 위치에 노점을 열기 위해 로마룽그의 힘을 빌렸다.

크레이프는 순조롭게 팔려 나갔다.

그리고 손님의 수가 조금 줄어들었다.

퍼레이드가 시작됐기 때문이다.

길이 좁아지기에 행렬을 정리하는 병사들이 먼저 와서 행렬의 방향을 바꾸고 마차들이 지날 수 있는 공간을 확보하기 시작했다.

그 후, 왕족들을 태운 마차가 차례차례 눈앞을 지나갔다.

특히 인기 있는 것은 1왕자였다. 무신이라고 칭송받을 정도였다. 1왕자 본인이 무지막지하게 강한 데다가 통솔 능력과 군략도 훌륭했다. 다만 정치 능력은 낮았다.

다음으로 인기 있는 사람은 파리나 공주였다. 암살 의뢰인. 그녀의 매력은 압도적인 아름다움과 자애 넘치는 미소였다.

그녀는 한 달에 한 번, 왕도에 있는 알반 왕국 최대의 홀에서 자선 콘서트를 개최하여 노래를 선보이는데 매번 만원사례였다. 티켓은 몇 분 만에 매진되어 버렸다.

콘서트에 가서 직접 들은 사람에 의하면 천사의 노랫소리라고 한다. 그녀의 인기는 우상^{아이돌}으로서의 인기였다.

하지만 그건 의태고, 책사로서의 얼굴을 가졌다.

2왕자를 제외한 모든 왕자와 왕녀가 지나갔는데 1왕자와 파리나 공주를 제외하면 그다지 인기가 없었다.

그저 왕족으로 태어났을 뿐이라고 여겨지고 있었다.

그리고…….

"드디어 왔나."

맨 마지막은 2왕자였다.

선두 타자가 1왕자였던 것을 생각하면 실력자를 처음과 끝에 배치했을 것이다.

2왕자는 1왕자와 대조적으로 정치와 외교로 실적을 쌓아 평가받고 있었다.

스윗한 얼굴도 어우러져 1왕자나 파리나 공주 못지않게 인기가 있었다.

사람들의 술렁거림이 커져서 2왕자가 다가오고 있음을 알 수 있었다.

집중력을 높였다.

왔다. 2왕자는 정답게 웃고 있었다.

초상화대로 단정한 청년이라 꺅꺅거리는 새된 목소리가 울렸다.

하지만…… 눈에 생기가 없었다.

기가 흐트러져 있고 공기가 탁했다. 그는 제정신이 아니다.

그런 2왕자를 투아하데의 눈으로 봤다.

그가 지닌 마력의 색을, 파장을 분석했다.

마력 보유자는 평상시에도 무의식적으로 마력을 두르고 있어서 일반인이 검으로 공격하는 것 정도로는 치명상을 입지 않는다.

죽이려면 화력이 필요했다.

하지만 그렇게 화력이 있는 공격을 하려면 아무래도 눈에 띈다.

화력이 없으면 죽일 수 없다. 화력이 있으면 암살을 들킨다.

'여기다.'

영창을 시작했다.

입술을 거의 움직이지 않고, 눈앞에서 크레이프가 완성되길 기다리는 손님에게도 들리지 않을 음량으로. 디아와 함께 개발한 새로운 마법.

무속성 마법으로, 용도는 마력의 쌍소멸.

상대의 파장에 맞춘 마력을 쏴서 대상이 두르고 있는 마력 갑옷에 구멍을 뚫는다.

육체적인 대미지는 없기에 마법을 맞았다는 것조차 눈치채지 못한다.

……다만 몹시 어려운 술식이었다.

일단 투아하데의 눈이 있어야 파장을 읽을 수 있고, 필요 이상의 마력을 담으면 쌍소멸이 아니라 방어막을 뚫고 들어가서 상대가 통증을 느껴 버린다.

지나가기 직전에 영창이 완성됐다.

보이지 않는 마력탄이 2왕자의 목 부분으로 날아가 몸에 두른 마력 흐름에 구멍을 뚫었다.

그리고 노점 설비로 위장한 암기를 사용하여 특별히 제작한 바늘을 사출했다.

이 암기는 대형이라서 의심받지 않고 가져올 수단이 노점밖에 없었다.

2왕자가 목덜미를 누르고서 고개를 갸웃했고 호위와 뭔가 이야기했다.

여기서는 들리지 않았기에 독순술을 썼다.

『왕자님, 왜 그러십니까?』

『조금 따끔거려서. 아무것도 아니야. 계속 가.』

2왕자가 목에서 손을 뗐다.

상처 자국 하나 없었다.

성공이다.

아무 일도 없었던 것처럼 2왕자가 지나갔다.

"자, 손님. 주문하신 크레이프입니다."

생글생글 웃으며 크레이프를 건넸다.

나는 그저 크레이프를 굽고 있는 것처럼 보였다.

누구도 지금 이 순간에 2왕자를 죽였다고 눈치채지 못했을 것이다.

◇

퍼레이드가 끝남과 동시에 건국제 종료를 알리는 방송이 들렸다.

노점은 문을 닫고, 반대로 술집은 열심히 호객하기 시작했다.

우리도 냉큼 정리를 끝내 버리자.

"후우, 피곤하네요. 크레이프가 많이 팔려서 다행이에요."

네반이 기지개를 켰다.

"그러게. 숙소로 돌아가자."

평범한 상인이 이렇게 늦게 도시를 떠나는 것은 부자연스럽기에 여관을 잡아 뒀다.

당연히 네반이 변장한 점원의 방도 잡았다.

이 도시를 떠나기 전까지는 프랭크로서 무탈하게 지낼 것이다.

"멀리 떨어진 땅에서 단둘이 여관에 묵는 이 상황. 바람피울 절호의 기회예요. 저는 입이 무겁답니다."

"그럴 생각 없어. 내 방에 들어오지 마."

혹시 몰라서 못을 박아 뒀다.

"제가 생각하기에 말이죠, 열정 넘치는 상인이 크게 돈을 벌었다면 살짝 비싼 가게에서 뒤풀이하는 게 자연스럽지 않을까요?"

"……그러게. 일리 있어. 가자."

"네, 가요. 서민의 가게를 보여 주세요."

왕도의 가게는 전부 비싸다.

그것을 서민 가게로 취급하다니, 부자는 이래서 무섭다.

◇

학원에 있을 적에는 왕도가 거의 유일한 놀이터였기도 해서 왕도에 무슨 가게가 있는지는 자세히 알았다.

그중에서 별실이 있고 요리가 맛있는 가게를 골랐다.

별실로 잡은 것은 네반이 할 이야기가 있어 보였기 때문이다.

요리가 얼추 나온 타이밍에 바람 마법을 사용했다.

바깥으로 소리가 새어 나가지 않도록 하는 마법이었다.

그것을 보고 네반이 미소 지었다.

주위 상황을 보고 이 마법의 특성을 간파한 모양이다.

"수고 많으셨어요. 몇 가지 가르쳐 주시겠어요? 2왕자가 안 죽었는데 괜찮은 건가요?"

"조금 있으면 2왕자는 죽을 겁니다. 성안에 있는 자기 방에서 말이죠. 그게 가장 뒤탈이 없어서 좋습니다."

왕자의 일정은 파악하고 있었다.

자기 방에 돌아갔을 때쯤 죽도록 조정했다.

"어머, 존댓말로 돌아왔네요. 아쉬워라."

"지금은 프랭크로서 행동하고 있지 않으니까요."

바람으로 소리를 차단했고, 이야기하는 내용도 내용이다.

지금 이곳에 있는 것은 프랭크가 아니라 루그다.

"대체 어떻게 죽였나요?"

"바늘을 썼습니다. 몇 밀리미터짜리 바늘이죠. 그 바늘을 사출하는 장치를 조리 기구로 위장하여 노점에 설치해 뒀습니다. 작은 바늘을 날리는 건 어려워서 장치가 커지는 건 피할 수 없었습니다. 이번에 노점을 연 것은 대형 장치를 숨기면서 최대 사정거리인 3m 이내로 접근하려면 이 방법밖에 없었기 때문입니다."

노점은 좋은 방패막이가 됐다.

"그런 바늘로 죽일 수 있나요?"

"네. 평범한 바늘로는 무리지만, 바늘 자체가 독을 굳혀서 만든 것입니다. 바늘을 목의 혈관에 찌르면 혈액을 따라 심장까지 갑니다. 그리고 심장에서 녹죠."

"녹으면 어떻게 되나요?"

"근육을 이완시킵니다. 심장 근육이 이완되면 혈류가 멈춥니다. 소위 말하는 심장 발작을 일으켜서 병사로 위장할 수 있습니다."

"독이라고 특정되지 않을까요?"

"바늘은 녹아서 사라지고, 몸 안에서 근육을 이완시킬 뿐이니까요. 평범한 독살과 달리 흔적이 남지 않습니다."

적어도 이 세계에서는 그렇다.

"재미있는 독이 다 있네요. 공부가 됐어요."

"2왕자는 퍼레이드가 끝나고 몇 시간 뒤, 고대 도구의 보호를 받으며 아무도 침입할 수 없는 자기 방에서 심장 마비로 죽습니다. 병사로 처리되겠죠."

"후후후, 완벽해요. 이로써 당면한 문제는 해결이네요. ……나머지는 우리의 일이죠. 이 병사를 잘 이용하겠어요."

네반이 요염하게 웃고서 술을 마셨다.

그것뿐인데도 매우 선정적이었다.

"요리도 술도 즐겼으니 슬슬 돌아가죠."

"네, 그래요."

네반이 손을 내밀었다.

에스코트하라는 뜻이다.

그 정도는 괜찮겠지.

네반이 노점 자리를 준비해 줬고, 그 가게도 네반이 있었기에 제대로 돌아갔다. 그 사실은 고마워해야 한다.

다만 조심해야 한다.

지금 이 순간에도 가슴을 누르며 유혹해 왔다.

게다가 이 향수는 평범한 향수가 아니었다. 남자를 부추기기 위한 향수다.

지금 생각해 보니 모든 동작이 유혹이었다.

네반은 진심으로 나를 함락할 생각이다.

"후후후, 밤은 길어요."

……여관에 돌아가고 나서부터 진정한 싸움이 벌어질 것 같다.

하지만 질 수는 없다.

디아가 거듭 내게 다짐을 받았고, 내일은 데이트가 있다.

다른 여자 냄새를 풍기며 데이트에 나갈 수는 없다.

특히 내일은 나를 위해 애써 주는 그 아이를 만날 거니까.

Episode17

제
17
화
──
암
살
자
는
동
생
과
데
이
트
한
다

The world's
best
assassin, to
reincarnate
in a different
world
aristocrat

여관의 식당에서 아침을 먹으며 창밖을 바라보았다.

이튿날 아침, 2왕자의 『병사』가 발표되면서 왕도 전체가 떠들썩했다.

인쇄 기술의 발전으로 퍼지기 시작한 신문의 호외가 날개 돋친 듯이 팔렸고, 그것이 내 손에도 있었다.

신문을 읽으며 과일 주스로 목을 축였다.

"식사 중에 신문을 읽다니 예의가 없네요. 그리고 같이 식사 중인 여성에게 실례라고 생각하지 않나요?"

눈앞에는 당연히 어젯밤부터 함께 행동 중인 네반이 있었다.

아직 왕도에 있는지라 변장한 채였다.

"이것도 일이야. 2왕자의 병사가 어떻게 공표되는지 확인해 둬야지."

지금은 프랭크로서 대하고 있기에 반말을 썼다.

"남자는 늘 그렇게 일로 도망치죠. 하지만 능력 있는 남자는 멋있어요."

"빈말은 됐어. 슬슬 나가자. 일찌감치 다음 도시로 가고 싶어."

"빈말이 아닌데요. 후우…… 굴욕이에요. 제가 밤새 유혹했는데도 손을 안 대다니."

"내가 싫어졌어?"

"아뇨, 불타올라요."

"그것참 아쉽네."

이 이상 여기 체재할 이유는 없다.

냉큼 이 도시를 떠나자.

◇

왕도를 떠나 마차로 옆 마을에 왔다.

그리고 지정된 여관으로 가서 마차와 짐을 맡겼다.

이것들의 처분과 증거 은폐는 로마룽그 공작이 한다.

이 여관은 로마룽그 공작가의 거점 중 하나라 은밀한 일을 맡아줬다.

나갈 채비를 하고 다른 방으로 향했다.

그곳에는 나처럼 변장을 풀고 빛나는 미모를 되찾은 네반과 로마룽그 공작이 있었다.

"수고했네, 루그 투아하데 군. 자네라면 잘하리라고 생각했지만 이토록 멋지게 해낼 줄은 몰랐네. 훌륭해. 훌륭한 『병사』야. 암살을 의심하는 자조차 없네. ……뒤가 구린 몇몇을 제외하면 말이지."

로마룽그 공작도 어제는 왕도에 있었다.

건국제 같은 큰 행사 때는 4대 공작이 모두 왕도에 집결한다.

당연히 로마룽그 공작은 상층부에서 2왕자의 사망을 어떻게 취급하고 있는지 알고 있었다.

"공작님이 그렇게 말씀하시는 걸 보면 단순히 발표만 그렇게 한 게 아니라 상층부에서도 병사라고 여기는가 보군요."

암살임을 알아도 백성이 혼란스러워하지 않도록 병사로 발표하는 것은 흔한 일이다.

"맞네. 외상이 없고 독을 쓴 흔적도 없어. 왕성에 침입한 자도 없고, 자기 방에서 심장 발작으로 죽었지. 의심할 여지가 없어. 이렇게 죽일 수 있는 것은 의사로서의 투아하데가 있기 때문인가?"

"부정은 하지 않겠습니다. 사람을 망가뜨리는 방법을 가장 잘 아는 것이 의사이고, 타살인지 병사인지 판단하는 것도 의사니까요."

"믿음직스럽군. 그리고 동시에 두렵기도 해. 자네가 마음만 먹는다면 나도 『병사』시킬 수 있겠지?"

"네. 조건부로 가능합니다. 하지만 그럴 일은 없을 겁니다. 투아하데의 칼은 알반 왕국을 위해 있습니다. 그리고 로마룽그는 알반 왕국에 필요합니다."

여러 가지로 수상쩍고 멋대로 굴고 있지만, 그들이 국익을 제일로 여기고 움직이는 것은 틀림없다.

"모범적인 대답이군. 그리고 본심에서 나온 말이기도 해. 역시 자네는 좋아. 더더욱 마음에 들었어. 보수는 늘 이용하는 루트로 주겠네. 기대하게. 특별히 더 보탰으니."

"그럼 저는 이만."

"아니, 기다리게. 묻고 싶은 것이 있네. 중요한, 중요한 일이야."

온화한 어조이긴 하지만 반론을 허락하지 않는 박력이 있었다.

일어나려고 힘을 준 발이 강제로 움직이지 않게 되었다.

"나는 언제쯤 손주의 얼굴을 볼 수 있지?"

그렇게 나온 것은 멍청한 말이었다.

"제가 대답해 드리기는 어렵겠습니다."

"……그런가. 아쉽군."

"아버지, 죄송해요. 여러모로 노력해 봤지만 역시 변장하면 매력
이 반감되는 모양이라 손대지 않으셨어요."

"그렇게 된 건가. 네반이 유혹했는데도 손대지 않았다고 해서 동
성애자인지 의심했어. 음, 실전은 학원이 개학하고 나서겠군."

"네. 어떻게든 재학 중에 루그 님의 아이를 가지겠어요."

딸은 더 멍청한 말을 내뱉었다.

학원인가.

그러고 보니 순조롭게 복구되어 다음 달에는 개학할 수 있을 것
같다고 신문에 적혀 있었다.

"그럼 이번에야말로 가겠습니다."

"데이트 잘하세요."

"말해 준 적 없을 텐데."

"말하지 않아도 저희는 서로 통하니까요."

말은 잘한다. 단순히 조사한 결과면서.

"그리고 바보 같은 소꿉친구가 폐를 끼칠 것 같아요. 그래도 친구로 있어 주세요."

바보 같은 소꿉친구?

떠올리는 데 조금 시간이 걸렸다.

그러고 보니 네반은 노이슈를 그렇게 불렀었다.

……네반은 노이슈가 걱정되어 일부러 변장까지 하고 그의 파티에 숨어들었었다.

아마 지금도 그를 감시하고 있을 것이다.

그러면서 뭔가 포착했으리라.

"그래. 나는 그를 버리지 않아."

대체 노이슈는 무슨 짓을 저지르고 있는 걸까? 데이트하기 전에 신경 쓰이는 일이 하나 늘어나 버렸다.

◇

여관을 나가 약속한 가게로 향했다.

오늘 내가 약속 장소로 고른 가게는 믿을 만한 상인에게 추천받은 가게라서 기대치가 높았다.

근사한 가게였다. 고급 음식점이긴 하지만, 부자들만 이용하는 곳이 아니라 일반 서민이 가끔 큰맘 먹고 이용할 듯한 가게였다.

그래서 그런지 분위기가 따뜻하여 신경을 곤두세우지 않아도 돼서 좋았다.

만나기로 한 사람의 이름을 말하자 안쪽으로 안내해 줬다.

"딱 시간 맞춰서 왔네, 루그 오빠."

"오랜만이야, 마하."

왕도에서 열리는 건국제에는 오르나도 참가했다. 그래서 마하가
여기 있었다.

웨이트리스에게 차를 주문하고, 이야기하며 먹을 수 있게 쿠키도
주문했다.

"만날 때마다 예뻐지네."

검은색에 가까운 반드르르한 파란 머리, 가슴은 크지 않지만 훌
륭한 몸매.

옅은 화장과 맵시 있는 복장.

마하는 타르트나 디아와는 달리 귀엽다는 말보다 아름답다는 말
이 잘 어울리는 여성이었다.

"응. 덕분에 벌레가 많이 꼬여서 큰일이야. 벌레를 쫓을 게 필요해."

"보디가드라도 고용할까?"

"더 가성비 좋은 게 있어. 왼손 약지에 낄 반지를 선물해 주면 좋
겠는데."

"생각해 볼게."

마하는 이런 농담을 좋아한다.

하지만 완전한 농담이 아니라 본심이 섞여 있었다.

약지인지는 차치하고, 반지를 선물하면 틀림없이 기뻐하리라.

아주 근사한 물건을 준비하자.

"용케 시간이 났네."

"만든 거야. 조금 무리해서. 완전 녹초가 됐어. 요 며칠 거의 안 잤어. 왕도에 오자마자 이런저런 사람이 몰려들어서 제휴하자느니, 기술 협력을 맺자느니, 지점을 만들라느니, 발로르 상회에서 독립할 거면 원조하겠다느니, 다들 오르나의 상품을 훔치고 싶어서 안달이 났나 봐."

"유액을 만들고 있는 곳은 여전히 오르나뿐이니까."

"덧붙여 초콜릿도 말이지. 그것 때문에 주목도가 올라갔어. 요전번에는 3왕자 이름으로 편지가 왔어. 타국의 대귀족이 왕실에 강력하게 요구해 왔으니 유액과 초콜릿이 든 세트 상품을 보내라고 말이야."

"마침내 우리도 왕실에 납품하는 가게인가."

"너무 영광스러워서 눈물이 다 나네."

나와 마하는 웃었다. 내가 만든 화장품 브랜드, 오르나.

오르나의 무기는 다른 어느 곳도 만들지 못하는 매력적인 상품이다.

주로 내 지식 중에서 돈이 되면서 재현하기 어려운 것을 골라 주력으로 삼고 있었다.

"그래서 어땠어?"

"아주 터무니없는 조건을 제시했지."

마하가 대가로 요구한 내용을 들었다.

"터무니없네. 그런 조건을 잘도 받아들이게 했어."

"간단해. 오르나의 상품을 요구해 온 타국의 대귀족을 알아내서 그 상대가 알반 왕국에 뭘 주는지 조사했어. 나머지는 간단하지. 왕실이 그래도 수지가 맞는다고 여길 아슬아슬한 수준으로 바가지를 씌웠어. 왕실도 우리 고객 중에 유력자가 많다는 건 알아. 무리하게 압력을 가하고 싶지는 않을 거야. 그래서 수지가 맞는 범위라면 들어줄 거라고 예상했어."

"역시 대단한데. 잘 알고 있어."

실로 상인다운 공략법이다.

교섭을 좌우하는 것은 정보다. 상대가 얼마나 타협할 수 있는지를 알고 있다면 이길 수 있다. 그리고 마하에게 이것저것 이야기를 들었다.

마하는 즐겁게 이야기했다.

마디마디에서 칭찬해 달라는 감정이 전해졌다.

그래서 맞장구를 치며 적극적으로 칭찬했다.

마하의 눈이 반짝거리며 숨이 가빠졌다. 마하는 어른스럽지만 이런 면은 나이에 걸맞아서 사랑스러웠다. 참으로 귀여운 동생이다.

그런 마하를 보고 있으면 나까지 기쁘고 즐거워지니 신기하다.

"열심히 하고 있구나."

"맞아. 열심히 하고 있어. 은밀한 일 쪽도 그렇고. 루그 오빠가 부탁한 대로 그란펠트 백작 부인과 노이슈 게피스에 관해 조사했어."

마하에게 자료를 받았다.

뱀 마족인 그란펠트 백작 부인에 관해서는 당연히 조사해야 하고, 노이슈도 조금 신경 쓰였다.

"굳이 나한테 부탁하지 않아도, 로마룽그가 협력하고 있다면 그쪽에 맡기는 편이 낫지 않아?"

"이쪽 정보망과 저쪽 정보망은 규모가 비슷해도 종류가 달라. 똑같은 내용을 조사해도 각도를 바꾸면 다른 게 보여."

저쪽은 첩보원을 이용한 프로의 조사다.

이쪽도 첩보원을 쓰지만 민간 출신이고, 그 이상으로 중요시하는 것은 시장의 소문이나 돈과 물건의 흐름처럼 상인의 시점으로 얻을 수 있는 정보다.

"……고마워. 대충 알았어. 노이슈가 기사의 긍지를 버릴 줄이야."

그란펠트 백작 부인과 상종하지 마라. 결투에서 진 노이슈와 그렇게 약속했음에도 불구하고 그는 계속 뱀 마족 미나와 만났다.

자존심 센 노이슈가 기사의 긍지를 건 결투를 더럽히는 짓을 하다니 생각하기 어렵지만, 조사 결과를 보면 확실했다.

"그러게. 하지만 2왕자처럼 혼이 쏙 빠지진 않은 것 같아."

"그래. 나도 그게 신경 쓰여. 기사의 긍지를 버리면서까지 만난다면 가장 먼저 의심해야 할 것은 사랑에 빠진 거겠지만."

대체 노이슈는 무슨 목적으로 그 마족에게 접근하는 거지?

문득 뇌리에 노이슈의 얼굴이 떠올랐다.

타르트와의 결투에서 패했을 때의 얼굴이.

『말해! 어떻게 그 힘을 손에 넣었지? 나는, 내게는 힘이!』

그건 욕망에서 나온 말이 아니라 더 절박한 심정에서 나온 비통

한 외침이었다.

설마 마족에게서 힘을 얻기 위해 미나에게 접근했나?

그것도 이상하다.

애초에 노이슈가 미나의 정체를 눈치챌 리 없고, 눈치챘더라도, 아무리 힘을 얻기 위해서라지만 인류의 적인 마족을 의지할까?

"……그리고 결국에는 실종인가."

"응. 지인과 가족에게는 여행을 떠나 다시 자신을 단련하겠다고 알린 것 같아. 동시기에 그란펠트 백작 부인의 행방도 묘연해졌어."

"우연이라고 생각해?"

"아마 아니겠지."

노이슈, 그 녀석은 대체 무슨 생각이지?

……바보 같은 소꿉친구가 일을 저질러도 친구로 있어 달라고 한 네반의 말도 신경 쓰인다.

"노이슈의 행방을 쫓아 줄래?"

"하고 있어. 발로르 상회의 유통망이 있는 도시에 나타나면 바로 연락이 오도록 수배해 뒀어."

"정말이지, 무서우리만큼 우수하네."

"루그 오빠에게 단련받았고…… 조금이라도 힘이 되고 싶어서 노력하고 있어. 나는 이것밖에 못 하는걸."

타르트가 간혹 그러듯이 머리를 보여 주며 쓰다듬어 달라고 어필했다.

원하는 대로 쓰다듬어 주자 쿨한 표정이 무너지며 어리광 부리는 아이 같은 표정을 지었다. 아마 마하의 이런 얼굴을 볼 수 있는 사람은 이 세상에 나뿐이리라.

"이걸로 일은 끝이야. 데이트하러 갈까."

노이슈가 신경 쓰이지만 지금 할 수 있는 일은 없다.

그보다도 나를 위해 노력하는 마하가 조금이라도 기뻐했으면 좋겠다.

"응. 줄곧 이날을 기다렸어."

전표를 들고 일어났다.

"오늘은 어떻게 나를 즐겁게 해 주려나?"

"그건 비밀이야."

"루그 오빠의 에스코트는 항상 새로운 발견이 있어서 좋아. 있지, 전부터 물어보고 싶었는데, 슬슬 동생에서 동생 겸 애인이 될 수 없을까?"

"……마하는 가족이야."

"놀랍네. 상당히 진전했어. 평소 같았으면 즉답했을 텐데 지금 살짝 고민했지? 무슨 심경의 변화일까? 후후, 이건 밀어붙여야겠네."

마하가 즐거워하며 찰싹 붙어서 팔짱을 꼈다.

오늘은 내가 에스코트한다.

이렇게나 내게 이바지하는 마하를 위해 꼼꼼히 준비해 뒀다.

그리고 선물도 마련했다.

지금부터는 마하를 즐겁게 하는 것만 생각하자.

안 그러면 마하에게 실례다.

Episode18

제
18
화
─
암
살
자
는
견
제
한
다

The world's
best
assassin, to
reincarnate
in a different
world
aristocrat

마하와 하는 데이트는 즐겁다.

고급 레스토랑에서 저녁을 먹으며 그렇게 생각했다.

물론 디아나 타르트와의 데이트도 즐겁지만, 마하와 하는 데이트는 그녀들과 조금 다르다.

디아는 내 에스코트에 몸을 맡기면서 원하는 바를 거침없이 말한다.

타르트 역시 내게 맡긴다. 하지만 내 안색을 살피며 자잘하게 배려해 주고 자신이 원하는 바는 말하지 않았다. 또한 설령 취향에 맞지 않아도 나를 위해 즐거운 척했다.

마하와의 데이트는 에스코트하는 사람이 그때그때 바뀌었고, 내가 즐거워하도록 적극적으로 머리를 써서 행동했다.

자극이 있어서 즐겁고, 새로운 발견이 있어서 내 세계가 넓어졌다.

물론 다른 두 사람과의 데이트가 지루하다는 말은 아니다. 투정 부리는 디아는 귀엽고, 직설적으로 요구하는 만큼 알기 쉬워서 편하다.

타르트도 무리해서 즐거운 척하는지라 어렵기는 하지만, 전해지는 연모와 배려의 마음이 간질간질해서 좋았다.

즉, 3인 3색의 재미가 있었다.

"으음~ 오늘 데이트는 좋았어. ……그런 만큼 벌써 가야 한다는 게 아쉬워."

"나도 즐거웠어. 지금부터 또 파티야?"

"응. 거절할 수 없었던 몇몇 파티의 맨 마지막. 왕도는 이제 지긋지긋해. 한가한 권력자가 많아."

오르나의 매력에 사로잡힌 귀족들. 오르나의 대표 대리가 왕도에 왔다는 것을 안 그들이 자신의 파티에 부르고 싶어 하는 것은 필연이었다.

오르나의 대표 대리를 파티에 초대하는 이유는 여럿 있다. 빠르게 상품을 확보하기 위해, 오르나에 관해 더 알기 위해. ……무엇보다 귀족들 사이에서 자랑거리가 된다.

"예전부터 생각했는데 나는 이제 이르그로 거의 돌아가지 않을 거야. ……마하를 오르나의 대표 대리가 아닌 대표로 만들고 싶어."

이르그 발로르.

나의 또 다른 이름으로, 발로르 상회 회장의 아들이다.

"싫어."

마하는 즉답했다.

"지금도 실질적으로 대표나 마찬가지잖아. 대표가 되면 지금보다 일하기는 쉬워질 거야."

"알고 있어. 경영을 생각하면 이점밖에 없지. 역시 어떤 사람과 교섭하든 대표와 대표 대리는 전혀 다르다고 실감할 때가 많아."

마하의 권한은 대표인 나와 완전히 같다.

하지만 상대는 그렇게 받아들이지 않는다. 어디까지나 오르나의 수장은 이르그 발로르고, 눈앞의 소녀는 그 대용품이라고 생각한다.

"그런데 왜 싫어? 날 신경 써서 그래?"

"아니야. 나는 루그 오빠 밑에 있고 싶어. 오빠한테 이바지하고 싶고, 오빠와의 연결 고리는 뭐가 됐든 놓고 싶지 않아. 이건 내 고집이야. 나는 어디까지나 오빠의 마하로 있고 싶어."

"상인답지 않네. 상인이라면 다른 사람 밑에 있는 것보다 자신의 가게를 가지고 싶어 하는 법이잖아. 독립은 상인 대부분의 꿈이야."

"……그런 꿈도 있어. 상인으로서 성장하고, 돈을 모으고, 뿔뿔이 흩어진 동료를 모으고, 새로운 장사를 시작해서, 빼앗긴 아빠의 상회를 되찾는다는 꿈."

"오르나를 손에 넣으면 한 방에 이루어져."

마하는 대담하게 웃었다.

"날 얕보지 마. 오르나를 받지 않아도 이룰 거야. 사실 이미 거의 이뤘어. 보고서는 보내고 있잖아. 예의 그 신입들은 다들 활약하고 있어."

"그랬지."

마하는 나와 만나기 전에 고아였고, 고아를 모아 장사하고 있었다. 그런 나날은 고아 사냥으로 동료들이 전부 다른 고아원에 가게

되면서 끝났다.

최근 들어 마하는 옛 동료들을 찾아내서 오르나에 스카우트하고 있었다.

절반은 정 때문이지만 절반은 실리 때문이었다.

마하의 동료들은 어릴 때부터 가혹한 환경에서 살아남았기에 억셌다.

마하라는 리더가 있었다고는 하지만 아이들끼리 장사를 성공시켰다는 경험은 보물이다.

실제로 마하가 스카우트한 이들은 활약했고, 투자한 것 이상으로 일해 주고 있었다.

오르나는 얻기 어려운 인재를 얻었다.

"그리고 원래 아빠 것이었던 상회도 3분의 1 정도 무너뜨렸어. 매수 계획서는 받았지?"

"그쪽도 봤어."

마하네 아빠가 소유했던 상회는 대표가 바뀌고 나서 업적이 악화되어 자산을 조금씩 팔기 시작했다.

마하는 매물로 나온 가게를 매수하여 오르나의 지점을 열었고, 그곳을 기점으로 상당한 업적을 올리고 있었다.

예전에 나는 마하에게 『사사로운 감정에 얽매이지 말라고는 안 해. 하지만 사사로운 욕심을 채울 거면 결과를 내』라고 말했다.

마하는 그 말대로 하고 있었다.

"나는 오빠 밑에서도 꿈을 이룰 거야. 옛 동료도 구출하고, 아빠의 상회도 되찾을 거야. 그리고 루그 오빠를 보좌할 거야. 어느 하나만 고르는 게 아니라 전부 할 거야. 나는 그만큼 우수해. 그러니까 오빠 밑에 있을 수 있어."

나는 미소 지었다.

정말로 마하는 강하구나.

그리고 나를 향한 호의가 올곧아서 마음을 흔들었다.

"고마워. 마하."

"천만에. 처음에 나를 움직인 건 은혜였어. 그대로 그곳에 있었다면 아무것도 못 한 채 죽거나 변태 귀족에게 팔렸을 거야. 루그 오빠 덕분에 구원받았고 상인으로서 힘도 길렀어. 그래서 은혜를 갚아야 한다고 생각했어."

"지금은 달라?"

"다르지는 않아. 지금도 그렇게 생각해. 하지만 그 이상으로, 그저 루그 오빠가 좋아서 움직이는 면이 더 커."

충족되어 행복이 넘치는 표정.

심장이 덜컥 크게 뛰었다.

마하는 이제 어린아이가 아니다. 예쁜 여성이 됐다고 새삼 생각했다.

"나도 마하를 좋아해."

"알아. ……그나저나 정말 아쉽네. 오늘 이 흐름이라면 이대로 끝까지 갈 수 있을 것 같은데. 슬슬 가야 해. 루그 오빠, 잘했다는 상과 작별 키스를 부탁해."

마하가 일어났다.

눈을 감고 나를 기다렸다.

긴 속눈썹, 깨끗한 피부, 체취와 은은한 향수가 섞인 냄새 등이 매우 신경 쓰였다.

그대로 입을 맞췄다.

입술을 떼자 마하는 얼굴을 붉히고서 입술을 눌렀다.

"……기뻐. 루그 오빠한테 키스해 달라고 조르면 항상 뺨이나 이마에 했는데."

"오늘은 이쪽이 좋을 것 같았어."

"후후, 일 열심히 할게!"

마하는 웃으며 들뜬 목소리로 말하고서 뛰다시피 나갔다.

……항상 여유롭게 웃는 마하가 뛰다시피 나가다니, 정말로 시간이 아슬아슬한가 보다.

그럼 나는 취기도 깰 겸 허브티를 마시고 나가자.

주문한 차를 즐기고 있는데 굳이 소리를 내며 눈앞에 누군가 앉았다.

그곳에 내 협력자가 있었다.

"당신은 정말로 인기가 많네요. 자그마한 천재 마법사, 가슴 큰 창술사 메이드, 가짜 공주님, 거기에 능력 있는 미인 상인까지. 다들 귀엽고 예쁘고 재능 넘치고 당신에게 푹 빠졌어요."

"미나인가. 이 도시에 있을 줄은 몰랐어."

뱀 마족 미나. 어제 죽인 2왕자를 망가뜨린 장본인이다.

왜 미나는 이곳에 있고, 어떻게 내가 여기 있는 걸 알았지?

어디선가 정보가 새고 있나. ……조사가 필요하다.

"제가 인간인 척하는 건 인간의 문화를 즐기기 위해서니까요. 축제에 안 갈 리가 없잖아요? 후후후, 아주아주 즐거웠어요! 인간은 보잘것없고, 약하고, 추한데, 어째서 이렇게 훌륭한 걸 만들어 내는 걸까요. 정말로 사랑스러워요."

그란펠트 백작 부인으로서 귀족 사회의 중추에 숨어든 것을 단순한 오락이라고 하는 것만 봐도 스케일이 달랐다.

"그런 잡담을 하려고 여기 왔어?"

"그럴 리가요. 후후후, 깜찍한 짓을 하셨더군요. 제 장난감을 망가뜨리다니. 그건 두 번째로 마음에 든 장난감이었어요."

"무슨 소리지?"

모르는 척 떠봤다.

나는 암살 증거를 남길 만큼 멍청하지 않다.

"어머, 시치미를 떼시는군요."

"실제로 관계없어. 나는 알반 왕국에 충성을 다하는 귀족이야. 2왕자에게 칼을 겨눌 리가 없잖아."

"증거 있냐고 에둘러 말하는 건가요? 그런 건 없어요. 하지만 저는 장난감의 건강 정도는 관리해요. 그 장난감은 망가지지 않을 거였어요. 그럼 누군가가 망가뜨렸다고 생각할 수밖에 없죠. 그리고 그 상황에서 『병사』시킬 수 있는 사람은 이 세상에서 당신뿐이에요. 즉, 당신이 죽인 거죠."

"논리가 엉망진창이야."

"네, 말도 안 되는 소리를 하고 있어요. 하지만 틀림없어요. ……
아무래도 저도 화가 나서 보복하고 싶거든요. 내 장난감을 망가뜨
렸잖아요. 저도 당신의 장난감을 망가뜨려 줄까요?"

"그건 나를 향한 선전 포고인가?"

"먼저 싸움을 건 사람은 그쪽이겠죠."

나와 미나는 조용히 서로를 노려보았다.

둘 다 살의는 조금도 드러내지 않았다.

그렇기에 위험했다.

살의는 상대에게 정보를 준다. 노리는 곳, 타이밍, 가지고 있는
패 등등.

살인에 익숙한 이는 위협할 때만 살의를 흘린다.

그렇기에 살인에 익숙한 이가 이 상황에서 살의를 전혀 드러내지
않는다는 것은 위협이 아니라 행동에 나설 전조라고 할 수 있었다.

"후후, 농담이에요. 마음에 드는 장난감이었지만 당신이 더 재미있
을 것 같으니까요. 이런 일로 당신을 잃는 건 바보 같은 짓이에요."

미나는 능청스럽게 어깨를 으쓱였다.

하지만 나는 방심하지 않았다.

공격해 올 가능성은 아직 충분히 있다.

그것을 고려하고서 내 쪽에서도 속을 떠봤다.

"다시 말하지만 나는 죽이지 않았어. 그리고 만약 죽였더라도 먼
저 손댄 건 그쪽이잖아. 친구에게 손대지 말라고 했을 텐데."

"어머, 알고 계셨어요? 지금 가장 마음에 든 장난감이에요. 그 아이, 정말 좋아요. 귀엽고, 웃기고, 꼴불견이라. 그래서 좀 더 챙겨 주고 말았어요. ……아아, 하지만 아픈 구석을 찔렸네요. 저는 당신의 친구에게 손을 대고 말았어요. 이래 놓고 보복으로 애인을 죽이는 건 불합리하네요. 좋아요. 이번 일은 피차일반이라고 하죠."

의심은 확신으로 바뀌었다.

노이슈의 행방불명에는 미나가 관련되어 있다.

"……노이슈를 어쨌어."

"그건 조만간 알 수 있을 거예요. 귀찮은 얘기는 그만하죠. 슬슬 본론으로 들어가고 싶어요."

"지금까지 한 얘기는 본론이 아니었나."

"네. 어찌 되든 좋은 얘기예요."

마족은 정상이 아니다.

농락한 장난감이 살해당한 것도, 내 애인을 죽이겠다고 한 것도, 노이슈를 실종시키고 무슨 짓을 한 것도, 전부 어찌 되든 좋은 일이라니.

"곧 있으면 다음 마족이 나타날 거예요. 다음 마족은 아주아주 강해요. 당신과 귀여운 종자들이 이길 수 없을 만큼 말이죠. 하지만 걱정하지 마세요. 원군이 올 테니까요."

"원군? 설마 네가 돕는 건가? 마족과 적대하는 걸 숨기고 싶어 하지 않았나?"

"정말 설마네요. 기대하세요. 어차피 당신은 알아차렸겠죠?"

"글쎄, 어떨까."

거짓말했다.

이야기의 흐름을 보면 누가 올지는 예상이 갔다.

"여기에 마족의 정보를 정리해 뒀어요. 아! 지금 보지는 마세요. 얘기해도 되는 정보는 전부 여기에 있어요. 이 이상은 아무것도 말하지 않을 거예요. 당신은 말솜씨가 좋아서 얘기하다 보면 깜빡 실언할 것 같아."

미나가 떠났다.

나는 자료를 훑어보았다.

설마 데이트 후에 바로 이런 일이 벌어질 줄은 몰랐다.

새로운 마족의 출현은 위협이다. 하지만 이번에는 정보가 있는 만큼 잘 처리할 수 있을 것이다.

Episode19

제19화 ─ 암살자는 대책을 세운다

The world's
best
assassin, to
reincarnate
in a different
world
aristocrat

뱀 마족 미나의 자료에는 나타날 마족과 출현 포인트가 묘사되어 있었다.

알반 왕국의 북서쪽에 있는 존불이라는 도시였다.

국경에 있어서 디아의 조국인 스오이겔 왕국을 중심으로 타국과 교역하여, 항구 도시인 무르테우보다는 못하지만 그런대로 번성한 곳이었다.

마족의 출현 예정일은 사흘 후로 몹시 가깝고, 투아하데에서 존불까지의 거리는 80km 정도밖에 안 됐다.

존불의 위기는 투아하데에도 영향을 미친다.

존불의 인구를 조사하니 도시의 모든 인간을 바쳐도 마족의 목적인 【생명의 열매】가 맺히기엔 조금 부족했다.

부족하다면 마족은 근처에 있는 투아하데를 노릴 것이다.

"마족이 노릴 곳은 존불이구나. 나도 가 본 적 있어. 좋은 도시야."

"좋은 도시고, 투아하데로서 잃고 싶지 않

은 도시이기도 해."

투아하데의 중요한 거래처다. 물건을 사러 갈 때는 첫 번째 후보고, 영지에서 만든 것을 파는 곳이기도 하다.

존불을 대신할 도시는 몇 군데 있지만 너무 멀다.

"이번 정보도 늘 이용하는 정보망으로 안 거야?"

흔들리는 마차 속에서 디아가 질문했다.

"그래."

미나의 정체는 숨기고 있기에 내가 독자적으로 관리하는 정보망으로 알았다고 설명했다.

동행인이 두 명 더 있었다.

한 명은 타르트. 이번에 출현할 마족에 관해 내가 작성한 자료를 읽고 있었다.

미나의 정보를 토대로, 아람 카를라에게서 얻은 정보를 더하고, 분석하고, 대책까지 적은 것이었다.

다른 한 명에게도 말을 걸었다.

"정말 올 줄은 몰랐어."

"당연히 와야죠."

보라색 머리를 가진 절세미인이 그곳에 있었다.

보라색은 귀인의 색이라고 하는데, 그녀를 보니 수긍이 갔다.

마족과의 싸움에 동행시키겠다고 약속했기에 불렀다.

"잘도 내 이야기를 믿을 생각이 들었네."

로마룽그 공작도 독자적인 정보망을 가지고 있다.

그리고 새로운 마족의 정보는 확실하게 안 가지고 있다.

여하튼 마족 내통자가 가져온 정보였다.

"후후후, 정말 궁금하더라고요. 로마룽그도 손에 넣지 못한 정보를 가지고 있다니."

"어디서 얻었는지는 안 물어보는군."

"늘 이용하는 정보망으로 얻었잖아요?"

"맞아."

여전히 생글생글 웃는 표정이었다.

물어봐도 소용없음을 알기에 묻지 않는 것이다.

그렇다고 포기한 것은 아니었다. 직접 조사하겠다는 의사 표명이었다.

그러고 있으려니 타르트의 머리에서 연기가 나기 시작했다.

"으으으, 이 마족, 너무 강해요. 반칙이에요!"

타르트가 몇 번이나 읽은 자료를 짜증스레 보았다.

타르트는 그런 동작조차 귀여웠고 그게 웃겼다.

"확실히 그렇지. 다음 마족은 수왕(獸王) 라이오켈. 특성은 이름대로 사자에 가까운 듯해."

"사자, 아주 강할 것 같아요."

"맞아. 고양잇과의 근육은 유연하며 탄력이 있고 순발력이 어마어마해. 반사 신경도 있고, 육식 동물답게 엄청난 집중력을 발휘해. ……마지막 특징은 오히려 싸우기 쉽지만 말이지."

수왕 라이오켈『하나』만 보자면 암살하기 쉽다는 인상을 준다.

"집중력이 엄청난데도요?"

"먹이를 사냥하기 위한 집중력은 아주 좁고 짧은 집중력이야. 나도 저격할 때는 그렇지만, 대상과 자신 이외의 정보를 세계에서 지워. 그만큼 『깊은』 집중이기에 빗나가지 않아."

"아! 알겠어요. 즉, 사각지대가 늘어나고, 사각지대에서 가하는 공격에는 반응이 늦어지는 거군요."

"그래, 맞아. 그렇기에 내게는 조수가 필요했어. 사냥감만을 볼 수 있게 말이지. 타르트가 있기에 나는 암살에 전념할 수 있어."

먹이를 사냥하는 순간이야말로 가장 큰 빈틈이 생긴다.

그건 피할 수 없는 구조상의 문제다.

도망을 전제로 사는 초식 동물은 시야가 넓고 늘 경계를 게을리하지 않는다.

하지만 사냥꾼은 다르다.

숨통을 끊는 한순간만 집중하면 된다. 대신 깊이 집중한다. 한순간에 모든 것을 걸어 상대의 집중을 능가한다.

그 대가로 집중은 지속되지 않고 시야는 좁아진다.

"하지만 그게 어렵다고 루그는 생각하는 거지?"

"단독 개체라면 그 특징이 약점이 되겠지만 녀석은 하렘을 가지고 있어. 그 부분도 사자다워."

사자는 수컷을 중심으로 여러 암컷이 무리를 짓는다.

수왕 라이오겔은 마물을 만들어 내는 타입의 마물은 아니지만 늘 권속들이 있었다.

"저기, 하렘이 뭔가요?"

"내가 대답해 줄게. 으음~ 루그랑 나, 그리고 나는 본 적 없지만 마하도. 우리 관계를 하렘이라고 해."

"잠시만요. 저도 끼워 주시지 않을래요?"

네반에게 디아가 냉담한 눈길을 보냈다.

"공작님은 그런 거 안 바라잖아. 만약 루그랑 이어지면 나랑 타르트는 쫓아낼 거면서."

"그렇지 않아요. 클로디아는 꽤 높이 사고 있어요. 그러니 당신이 낳은 아이는 로마룽그의 피에 들일 수 있을 만큼 훌륭하겠죠. 확실하게 인수할 예정이에요. 루그 님의 사랑이 식으면 제게 상담해 주세요. 우수한 당신에게 걸맞은 씨를 준비할 테니."

변함없이 네반의 정신머리는 정상이 아니었다.

독점욕이나 연애 감정을 가지고는 있지만 그 이상으로 로마룽그였다.

"우와, 이래서 로마룽그는 안 된다니까. 내 자식을 로마룽그에 줄 생각은 없고, 루그에게 차인 뒤를 생각해 줄 필요 따위도 없어. 그보다 왜 나한테만 그래? 타르트는?"

"그 아이는 필요 없어요. 그저 매우 열심히 노력할 뿐인 평범한 사람인걸요."

"……아하하."

"그거, 듣고 넘길 수 없는데."

"사실을 말했을 뿐이에요."

"앗, 저 때문에 싸우지 마세요."

타르트가 중재했다.

타르트는 네반의 말을 부정하지 않았다. ……그리고 나 또한 그렇다.

어떤 의미에서 네반의 말은 옳다는 것을 알기 때문이다.

타르트는 천재가 아니다. 센스는 평범 그 자체. 다만 한없이 순수하고 한없이 노력가다. 순수하기에 선입관 없이 배운 것을 그대로 받아들이고, 노력가이기에 남들보다 몇 배는 더 반복 연습하여 익히고 있을 뿐이다.

나나 디아나 네반과는 다른 종류의 인간이었다.

하지만 이렇게도 생각한다. 타르트의 순수함과 한없이 노력할 수 있는 것은 재능이다.

"이야기가 다른 길로 샜으니 되돌리자. 하렘이란 표현이 나빴어. 상대는 통솔된 무리야. 심지어 암컷은 수컷과 비슷한 수준으로 강한 데다가 자신의 의사를 가졌고, 머리가 좋고, 정확하게 행동해. 그저 숫자만 많은 것과 통솔된 무리는 차원이 달라."

유기적으로 연계하여 강점을 늘리고 약점을 없앤다.

좋은 무리는 개체의 힘을 몇 배나 끌어올린다.

"으음, 굉장히 불안해져서 묻겠는데, 그 암컷들은 마물이지? 마족과 달리 평범하게 죽일 수 있는 거지?"

"그래, 마물이야. 하지만 수컷과 접촉하면 마족과 같은 성질을 가지게 되는 것 같아. 용사가 직접 죽이거나 【마족 살해】 필드 안이 아니라면 죽어도 수컷의 접촉으로 되살아나."

디아와 타르트가 입을 다물었다.

얼마나 난적인지를 이해한 모양이다.

"저기, 어떻게 쓰러뜨리시려는 건가요?"

"결국 수컷과 암컷을 격리하지 않으면 아무 소용도 없어. 그러니까 우선 그렇게 할 거야."

"구체적인 방법은 있어?"

"그래. 내가 항상【포격】에 쓰는 대포 있지?"

"그 흉악한 녀석 말이지."

"그걸 조금 만져서 캐터펄트…… 발사대로 만들었어. 그걸 사용해서 수컷을 아주 멀리 날릴 거야. 그리고 죽일 수 있게 된 암컷을 가능한 한 줄이고, 수컷이 돌아와도 괜찮도록 살점조차 남기지 않고 소각하는 거지. 이걸 반복할 뿐이야."

정신이 아득해지는 수단이기는 하지만 효과적인 방법일 터다.

그리고 그 캐터펄트가 소용없을 때를 대비한 방법도 있다.

"말로 하면 간단하지만 실현하기는 아주 어려울 것 같아요."

"잘 궁리하면 어떻게든 돼. 나를 믿어 줘."

허세가 아니라 명확한 비전이 있었다.

시선을 느꼈다.

아까부터 네반이 나를 말없이 보고 있었다.

"하고 싶은 말 있어?"

"더 간단한 방법이 있는데 쓰지 않는 게 이상해서요."

역시 네반은 눈치챘나.

어떤 것을 허용한다면 훨씬 편하고 안전한 방법이 있다.

"참고삼아 들려주지 않을래?"

"학원에서 오크 군세를 한꺼번에 날려 버린 엄청난 위력의 광범위 마법이 있잖아요. 그걸 쓰면 돼요. 암컷은 수컷과 접촉해야 재생하죠? 그 마법이라면 살점도 남지 않을 테고, 남더라도 아득한 저편으로 날아갈 거예요. 수컷은 부활하더라도 암컷은 한 방에 부활 불가능한 상태가 돼요."

네반이 말한 것은 신창 【궁니르】와 【일제 포격】이다.

타르트와 디아가 그 방법이 있었다며 감탄한 눈으로 네반을 보았다.

"그 생각은 나도 했어. 하지만 마족은 신출귀몰해. 녀석들은 존불과 아주 가까운 곳에서 발견할 수 있을 거야. 존불의 외벽은 학원 도시나 왕도와 비교가 안 될 만큼 취약해. 그런 위치에서 마법을 쓰면 도시가 통째로 날아가 버려."

그게 걸림돌이었다.

오크 마족과 싸울 때는 군세가 아군 진영과 꽤 멀리 있었고 견고한 방벽이 있었다.

장수풍뎅이 마족과 싸울 때는 애초에 주민이 몰살당한 상태였다.

하지만 이곳은 다르다.

"뭐 어때요. 이건 세계를 구하기 위한 싸움인걸요. 앞으로도 계속 세계를 지켜야 하는 성기사님이 위험을 감수할 만큼의 가치는 존불의 주민에게 없다고 생각해요."

"그렇다면 나랑 견해가 다르네. 이 정도 위험성과 천 명이 넘는 생명이라면 나는 후자를 고르겠어. 착각하지 말았으면 하는데, 그래야만 할 만큼 궁지에 몰린 상황이라면 천 명의 생명을 희생할 각오가 되어 있어. 하지만 이번에는 그런 상황이 아니야. 우리라면 할 수 있다고 생각해서 작전을 생각해 낸 거야."

네반의 말을 부정할 마음은 없다.

인명이 무엇보다 숭고하다고 말할 생각도 없다.

내가 죽어 버리면 세계가 멸망한다는 것도 이해하고 있다.

이해하고서 이 정도 위험은 감수할 수 있겠다고 판단했다.

"아신다면 됐고요. 두 분은 어떻게 생각하시나요?"

"나는 루그에게 찬성이야. 루그는 못 하는 걸 할 수 있다고 안 해."

"네! 저도 루그 님을 믿어요."

"어머, 정말 멋진 신뢰네요."

네반은 지금까지 보여 준 것과는 조금 종류가 다른 웃음을 지었다.

그리고서 퍼뜩 깨달은 얼굴로 손뼉을 쳤다.

"아아, 저도 참 바보 같은 질문을 했네요. 루그 님은 이미 필요한 희생을 허용하고서 그걸 전제로 작전을 짜셨는데. 그런 당신이 안일한 말을 할 리가 없죠. 후후후, 한층 더 반했어요. 당신의 수족이 되어 일하겠어요. 제 빛 마법이 있다면 성공률은 올라가요. 애초에 절 이용할 생각이셨죠?"

"용케 알았네. 그걸 상정해서 위험성을 계산했어."

"저와 같은 것을 보는 분은 처음이에요. 역시 우리는 맺어져야 해요."

마차는 결전의 땅을 향해 달렸다.

'마지막까지 말할 생각이 없다는 걸 꿰뚫어 봤나.'

타르트와 디아에게는 숨기고 있는 것.

이 작전은 이미 어느 정도의 희생을 허용한 작전이다.

정말로 희생을 줄이고 싶다면 존불의 주민을 피난시켜야 했다.

하지만 주민을 피난시키려면 정보원을 나라에 말해야 하고, 주민이 없어지면 마족이 타깃을 바꿀 위험성이 크다.

전혀 예기치 못한 곳으로 타깃을 바꾸면 피해는 몇 배는 더 커진다.

사람의 마음을 손에 넣었지만 여전히 나는 암살자였다. 생명을 숫자로 계산하고 말았다.

만에 하나라도 타깃을 바꾸지 않도록, 존불에서 싸움에 말려들 사람들의 죽음을 허용했다. 그래야 더 많은 인간을 구할 수 있다고 계산하고서.

하지만 그것을 선택했기에, 내 자존심을 걸고 허용한 것 이상의 사상자를 내지 않을 것이다.

그게 내가 할 수 있는 유일한 일이다.

Episode20

제20화 ─ 암살자는 배려한다

The world's best assassin, to reincarnate in a different world aristocrat

목적지인 존불에 도착하여 여관을 잡았다.

습격이 있을 때까지 이 도시에서 지내며 준비할 것이다. 도시 안에 있는 편이 가장 대응하기 쉽다.

식사하며 작전 회의를 했다.

"으음~ 역시 이 도시의 요리는 좋아. 굉장히 반가워."

만족스러운 얼굴로 디아가 요리를 먹었다.

버터를 듬뿍 쓴 민물고기 뫼니에르. 과하게 지지고 볶은 양파가 들어가 있는 것이 특징이었다.

맛 자체는 특필할 게 없지만 디아에게는 고향의 맛이었다.

스오이겔 왕국과의 국경 부근에 있는 도시라서 그쪽 요리가 전파되어 있었다.

"저기, 네반 씨. 저희와 같이 식사하셔도 괜찮나요?"

"물론이죠. 지난번에도 말했지만, 마족을 쓰러뜨리기 위해 동행하는 동안에는 팀메이트고 여러분과 똑같은 입장인걸요."

네반이 동행하는 것에 한 가지 조건을 걸었다.

작전 행동 중에는 그저 네반으로 취급하겠다고.

친목을 위해 한 말은 아니었다.

팀으로 움직일 때, 지휘 계통의 정비는 중요하다. 소수 팀이어도 리더가 두 명이면 성능이 크게 떨어져 버린다.

"그렇게 말씀하셔도, 공작 영애인 네반 님께……."

"그런 진중함은 타르트의 미점이지만 결점이기도 해. 이런 건 군대도 똑같아. 높은 사람의 자식이어도 상사의 명령은 절대적이고 특별하게 취급하지 않아. 그러면 전부 죽어 버리니까."

"디아 말이 맞아. 그러겠다고 했기에 데려온 거야."

"맞아요. 그러니까 디아처럼 네반이라고 불러 주세요. 타르트."

"앗, 네, 어, 그, 네반."

타르트가 조심조심 네반을 불렀다.

"응, 좋아. 그렇게 하면 돼. 아, 네반. 소금 좀 줘."

"네, 여기요."

……디아는 너무 맺고 끊는 게 확실한 것 같다.

디아는 사고의 근본에 있는 것이 합리성이고, 애초에 신분이 높은 존재가 익숙할 것이다.

"또 다른 조건도 잊지 않았겠지?"

"네, 물론이죠. 여기서 알게 된 정보는 누구에게도 말하지 말고, 기술도 빼돌리지 말라는 것 말이죠?"

"그래. ……우리에게는 알리고 싶지 않은 기술과 전술이 있어. 그리고 마족은 패를 숨기고서 싸울 수 있는 상대가 아니야. 그 조건을 받아들일 수 없다면 네가 쫓아올 수 없도록 사력을 다할 거야."

이것도 사전에 한 약정이다.

내 특기인 【총격】이나 【궁니르】, 【레일건】 등은 남들에게 내보일 수 없는 기술이다.

그것들을 봉인하고 마족을 죽이는 것은 불가능하다. 그리고 그걸 사용하려면 미리 팀 멤버에게 성능을 공개해야 작전을 짜고 행동할 수 있다.

"그쪽도 약속하겠어요. 만약 그 약속을 어기면 어떻게 될까요?"

"어떻게도 안 해. 다시는 너를 믿지 않을 거고 적으로 인식할 거야. 이런 약정, 허점을 찌르고자 한다면 얼마든지 할 수 있어. 예를 들어 부하에게 따라오라고 하고, 자신이 아니라 그 녀석이 떠벌렸다고 해도 되지. 그런 구멍을 일부러 막지 않았어. 『약속은 지켰다』라는 궤변을 늘어놓더라도 나는 너를 적으로 볼 거야."

"어머나, 그건 정말 슬픈 일이네요. 하지만 저를 적으로 돌리겠다고 말해도 괜찮은 걸까요?"

"그래. 그 정도로는 나를 높이 사고 있다고 자부해. ……그리고 단순히 죽일 뿐이라면 언제든 가능해. 설령 상대가 로마룽그^{로마룽그}여도."

의식적으로 살의를 흘렸다.

이것은 위협이었고 결의 표명이었다.

네반이 눈을 크게 뜨고서 떨리는 손을 잡았다.

"후후후, 역시 암살자군요. 정말이지 싸늘한 눈이에요. 하지만 그게 좋아요. 믿어 주세요. 당신에게 미움받을 만한 일은 안 해요. 소중한 미래의 남편이니까요."

"후반을 승낙한 기억은 없는데."

"당신이 승낙하든 말든 상관있나요?"

역시 네반은 로마룽그다.

"어쨌든 알고 있다면 됐어. 일단은 밥을 먹자. 식사가 끝나면 작전 회의를 시작하겠어."

"네. 그럼 이 서민의 맛을 즐기도록 하죠."

"이거, 꽤 진수성찬 아닌가요?"

타르트가 네반을 이상하다는 듯이 보았다.

공작 영애와 가난한 농촌 출신의 갭.

여하튼 확실하게 먹자.

긴 여행으로 쌓인 피로를 풀어야 한다.

◇

이튿날에는 도시의 지형을 파악하기 위해 다 같이 실제로 걸었다.

이미 도시의 지도는 입수했지만 직접 눈으로 볼 필요가 있었다.

이번 작전은 시가전도 상정하고 있었다. 아니, 그렇게 될 확률이 더 높았다.

상대는 고양잇과의 성질을 가지고 있다. 그것이 도시 근처에 떼로 나타난다.

속도는 아주 빠르고 도약력도 무시무시하다. 순식간에 도시로 다가와 단번에 방벽을 뛰어넘을 것이다. 로마룽그의 정예가 사방에서 감시하고 있다고는 하지만 완벽하게 막을 수는 없다.

어제 마차 안에서 도시의 방벽이 취약하기에 【궁니르】를 쓸 수 없다고 했지만 그건 운 좋게 밖에서 요격했을 때의 얘기고, 도시 안에서 그런 걸 쏘면 피해가 나오는 수준이 아니라 도시가 괴멸한다.

"으으으, 어디서 싸워도 도시가 피해를 입는 건 막을 수 없을 것 같아요."

타르트가 주위를 두리번거리며 말했다.

"뭐, 그렇지. 이렇게나 번성한 도시니까. 희생자가 나오는 걸 막을 수는 없어. 우리는 신이 아니야."

"네! 하지만 슬퍼요."

나는 타르트의 머리를 쓰다듬었다.

"타르트는 착하구나."

"그렇지 않아요. 그저 싫다고 생각했을 뿐이에요."

쑥스러워하면서도 기분 좋다는 듯 내게 어리광을 부렸다.

옆에서 네반이 말했다.

"제안 하나 할게요. 이렇게 미리 조사도 하고 있고, 이왕이면 지리적 이점과 매복이라는 두 가지 어드밴티지를 살리는 게 어떨까요?"

"그 두 가지를 살린다면 함정인가. 확실히 효과적일지도 모르겠어."

올 것을 미리 알고 있다면 맞이할 준비를 하는 것이 정석이다.

다만 마족과 싸우려면 엄청난 화력이 필요하다.

함정이 발동하면 민가 수십 채가 날아갈 것이다. 그것을 여러 개 설치해야 한다.

……이것도 누군가의 희생을 전제로 한 전략이었다.

하지만 그 함정이 없어도 전투가 벌어지면 똑같은 일이 일어난다.

그렇다면 전장이 되더라도 비교적 희생이 적은 곳을 미리 봐 두고 그곳에 함정을 설치한 뒤, 마족 무리를 유도하여 함정의 힘을 구사해서 그 일대를 전장으로 고정해야 한다.

"그럼 바로 하죠."

"그러고 싶은 마음은 굴뚝같지만 어려워. 함정을 만드는 물자는 어떻게든 돼. 하지만 함정 설치가 문제야. 마족이 걸리기 전에 사람이 먼저 눈치챌 거야."

"그것도 괜찮아요. 민가에 설치하죠. 제가 돈으로 사들이면 마음껏 설치할 수 있잖아요?"

이 인파 속에서 함정을 설치할 거라면 그게 가장 좋다.

사들인 집이라면 방해받지 않고 함정을 숨기기 쉽다.

"지출이 클 텐데 괜찮아?"

"써야 할 곳에 쓰기에 돈은 가치가 있는 거죠."

"그럼 감사히 호의를 받아들이겠어."

조금이라도 승률을 높일 수 있다면 네반의 힘을 빌려야 한다.

◇

그 후 지형을 확인하며 집을 열여섯 채 구입하고 함정을 설치했다. 원격 조작으로 발동하는 함정이었다.

"엄청난 재력이네."

"돈을 잘 벌거든요."

마족이 나타나지 않을 가능성도 있다.

나타나더라도 가능하다면 도시를 지키는 방벽 밖에서 싸우는 것이 최우선이다.

이 도시가 전장이 되지 않을 가능성은 충분히 있었다. 그럼에도 불구하고 네반은 열여섯 채나 되는 집을 시세보다 두 배 가까운 가격으로 샀다.

"무용해질 수도 있어. 미안."

"괜찮아요. 제가 눈치 못 챘을 것 같나요? 당신이 산 집은 전부 재이용하기 쉽고 장사하기 좋은 입지예요. 두 배 비싸게 사도 당신과 저라면 간단히 본전을 찾을 수 있죠. 그런 토지였어요."

"거기까지 눈치챘나. 말해 두는데, 함정을 설치하기 좋다는 전제로 그중에서 그런 토지를 고른 거야. 네가 손해를 보면 안 되니까."

네반에게는 큰 지출이 아니더라도 거금이다.

그렇다면 그 후도 생각해 두고 싶었다.

"그게 다가 아닐 텐데요? 정말로 빈틈이 없네요. ……전투로 주위가 맨땅이 돼서 하나로 묶으면 몇 배나 가치가 올라갈 땅들뿐이 있었어요. 당신, 땅 투기꾼 소질이 있어요."

"우와, 루그는 꽤 참혹한 생각을 하는구나. 전투로 맨땅이 될 것을 예상해서 먼저 사들이다니."

"그건 네반을 생각해서 그런 게 아니야. 그러면 전장이 되더라도 거기 살던 사람을 지원할 수 있어."

네반과 디아가 고개를 갸웃했다.

"땅값이 비싸진다는 건 비싸게 사 줄 수 있다는 뜻이야."

"아아, 그렇군요. 전장이 된 탓에 집을 잃은 사람도 땅을 비싸게 팔면 새집을 구할 수 있겠네요!"

고개를 끄덕였다. 어디를 전장으로 삼든 많은 희생이 생긴다. 고가로 매입해 줄 수 있는 토지를 전장으로 삼는다면 집을 잃은 사람들이 새로운 생활을 시작하기 위한 자금이 생긴다.

"아아, 그런 거였구나. 루그는 너무 신경을 많이 써. 그러다 대머리 된다?"

"그건 싫은데."

쓴웃음을 지었다.

최대한의 위선. 이건 루그 투아하데가 되고 나서 싹튼 행동 방침이다.

자신을 희생할 생각은 없다. 암살 성공률이 떨어질 만한 일은 하지 않는다. 하지만 가능한 범위에서 할 수 있는 일은 하고 싶다.

분명 전생의 나라면 이런 생각을 하지도 않았을 것이다.

마지막 집에 함정 설치를 끝냈다.

"······함정 설치는 여기로 끝이야. 이제 대비하기만 하면 돼. 그리고 네반. 하나 전해 두고 싶은 사실이 있어. 아마 마족과 싸우는 중에 노이슈도 나타날 거야. 그것도 힘을 얻는 대가로 인간이기를 포기하고서 말이지. 알반 왕국의 귀족으로서 용서받을 수 없는 죄야."

힘을 갈망했던 노이슈. 뱀 마족 미나는 그런 노이슈를 장난감이라고 말하며 챙겨 줬다고 했다.

무엇보다 나조차 이길 수 없을 만큼 강한 마족과의 싸움에 조력자가 나타날 거라고 예언했다.

거기서 도출되는 답은 하나다.

미나의 힘을 받아 인간이기를 그만두면서까지 힘을 얻은 노이슈가 나타날 것이다.

"흐응, 그것도 제가 모르는 정보네요. 이래 봬도 꽤 진지하게 바보 같은 소꿉친구를 걱정하고 있는데 말이죠."

"그 바보 같은 소꿉친구가 적으로 돌아서면 어쩔 거야? 말해 두는데, 나는 필요하다면 죽일 각오가 되어 있어."

"필요하지 않다면 그러지 않을 거라는 뜻이죠?"

"그렇게 말하지 않은 생각을 바로 읽어 내니 불편하네."

"저도 똑같아요. ······정말이지, 그 아이는. 옛날에는 누나, 누나 하며 강아지처럼 졸졸 쫓아다녀서 귀여웠는데. 어디서 잘못된 걸까요."

네반이 미소 지었다.

미처 숨기지 못한 쓸쓸함이 보였다.

네반에게는 노이슈에 대한 마음이 있었다.

그건 연애와는 거리가 멀었고, 오히려 동생을 생각하는 마음과 비슷했다.

의외다. 로마룽그를 실현하는 것만 생각하는 네반이 전혀 이익으로 이어지지 않는 노이슈에게 그런 감정을 가지다니.

"어쨌든 이걸로 끝이야. 다들 언제 마족이 나타나도 괜찮도록 대비해 줘."

"네! 잔뜩 먹고 푹 잘게요!"

"나는 이번 싸움을 위해 만든 새로운 마법을 마지막으로 체크해 둘게."

"그럼 저는 전후 처리를 생각해 둘까요."

언제 마족이 와도 이상하지 않다.

할 수 있는 일은 전부 했다.

남은 것은 싸우면서 어떻게 움직일지다.

제
21
화

암살자는 싸움을 시작한다

The world's
best
assassin, to
reincarnate
in a different
world
aristocrat

준비하며 마족이 나타나길 기다렸다.

해가 지기 시작하면서 거리가 노을빛으로 물들었다.

뱀 마족 미나가 지정한 날은 어제였고 예측이 빗나갔을 가능성은 있었다.

하지만 경계는 풀지 않았다. 하루 이틀 빗나가는 것은 왕왕 있는 일이다.

여관방에서 권총을 손질하던 디아가 하품했다.

"긴장감이 없네."

"어쩔 수 없잖아. 어제는 줄곧 신경을 곤두세우고 있었는걸."

"어쩔 수 없지는 않아. 긴장의 끈을 놓지 마."

"그렇겠지, 미안. 정신 바짝 차려야지."

디아가 양손으로 뺨을 찰싹 때렸다.

똑같이 권총을 손질하던 타르트가 자기 뺨을 꼬집었다. 타르트는 너무 긴장해서 정신력이 소모되어 있었다.

"……이상하네요."

네반이 나직이 말했다.

"무슨 일 있어?"

"서쪽 방면에서 정시 연락이 안 와요."

"여관을 나가서 서쪽으로 가자."

"아직 마족이 나타났다고 확정된 건 아니에요. 그리고 정시 연락이 없으면 다른 거점에서 확인하러 가기로 했으니 조금 더 기다리는 편이."

"감시를 맡긴 건 로마룽그의 정예잖아. 그들이 작은 말썽 정도로 정시 연락을 게을리할 리가 없어. 당장 현지로 가야 해."

【두루미 혁낭】을 허리에 매달았다.

그 외에 필요한 것은 이미 착용한 상태였다.

타르트와 디아는 정비를 끝낸 각자의 전용 권총을 장비하고 고개를 끄덕였다.

"옳으신 말씀이에요. 저도 평화에 찌들어 있었네요."

"아무 일도 없을 수도 있지만, 그걸 확인할 수 있는 것만으로도 의미가 있어."

그리하여 우리는 신속하게 달려 나갔다.

◇

다 같이 서쪽으로 향했다.

"정답이었던 모양이네."

외벽을 넘어갈 것도 없이 정예들이 마족에게 살해당했음을 확인할 수 있었다.

그곳에 지옥이 펼쳐져 있었기 때문이다.

백수의 왕, 그 무리가 백성을 유린하고 있었다.

보이는 마물은 사자, 전부 갈기가 없는 암컷. 즉, 마족이 아니라 권속이다.

하지만 권속이라고 해서 방심할 수는 없었다.

그 이빨은 두개골을 마치 설탕 세공이라도 되는 양 깨물어 부쉈고, 그 발톱은 살을 버터처럼 갈랐다.

사람들은 울부짖으며 혼비백산 도망쳤다.

평범한 사자보다 몸집이 한층 커서 체고는 2m가 약간 안 되고 체장은 3m를 조금 넘었다.

바람 속성의 범위 감시 마법으로 주변 일대를 조사하니 마물들은 효율적으로 인간을 학살하기 위해 흩어져 있었다.

이렇게나 흩어져 있으면 귀찮은데.

작전을 생각하고 있으니 아이를 안고 도망치는 여성 뒤에 암사자 마물이 나타났다.

"사, 살려 주세요!"

당장에라도 그 발톱이 모친의 등을 할퀼 것 같았다.

"【총격】."

여파로 주위에 있는 사람이 다치지 않도록 【포격】이 아니라 핀 포인트 사격이 가능한 【총격】을 골랐다.

사출된 텅스텐 탄환은 노린 대로 암사자의 이마를 때렸다.

하지만 딱딱한 소리가 나며 탄환이 튕겼다.

암사자는 부모와 아이에게 흥미를 잃고 그 자리에 멈춰서 나를 노려보았다.

"빨리 가!"

"앗, 네."

아무래도 인명 구조는 성공한 모양이고, 적의 성질도 알았다.

"저 체모는 강철보다 강도가 센 건가."

아니라면 그런 소리는 안 난다.

그리고 성가신 점이 하나 더 있었다.

내 【총격】은 철판 정도라면 가뿐히 뚫고, 뚫을 수 없을 만큼 상대가 단단해도 그 압도적인 운동 에너지로 타격 대미지를 준다.

하지만 암사자는 총격을 막는 것이 아니라 흘렸다.

체모가 충격받아 넘어가며 탄환이 그 위를 스친 것이다.

아마 강철처럼 단단하면서도 모피처럼 탄력이 있으며, 게다가 유지로 코팅되어서 잘 미끄러지는 체모이리라.

탄환은 별로 효과가 없는 데다가 참격이나 타격도 거의 통하지 않는다.

아주 성가신 성질을 가졌다.

"온다!"

경고했다.

조금 전의 【총격】은 대미지를 주지 못했지만 그래도 짜증스럽게 여긴 모양이다.

단독으로 돌진해 왔다.

"크아아아아아아아아아아."

빠르다.

고양잇과의 순발력 있는 근육은 첫발부터 최고 속도를 올린다.

그 속도는 시속 300km 정도.

피아의 거리는 40m. 약 0.5초면 거리가 좁혀진다.

【총격】을 영창할 시간 따위 있을 리 없었다.

게다가 단단하며 잘 미끄러지는 체모까지 있다.

이 불합리한 속도와 단단함. 로마룽그의 정예여도 속수무책으로 당할 만했다.

하지만 안타깝게도 이 짐승은 나를 너무 얕보고 있었다.

움직임이 너무나도 직선적이었다.

상의 안주머니에 숨긴 권총을 뽑았다.

영창으로 만들어 낼 수 없을 만큼 메커니즘이 복잡하여 필수적으로 휴대해야 하는 물건이었다.

하지만 그 대신 영창 없이 쓸 수 있고, 위력과 정밀도가 뛰어나며 연사가 가능했다.

'완성도가 좋아. 손에 착 감겨.'

상대가 도착하기까지 0.5초밖에 없으나 속사하기에는 충분한 시간이었다. 전생에서 몇만 번을 반복한 동작.

퀵 드로, 신속한 2연사.

물론 【총격】과 비교하여 위력이 뛰어나기는 하지만, 녀석의 단단

하고 잘 미끄러지는 체모를 뚫는 위력을 권총 크기로 실현할 수는 없었다.

하지만 그렇다고 내가 쓰러뜨리지 못한다는 것은 아니었다.

체모가 성가시다면 체모가 없는 곳을 노리면 된다.

모든 생물의 급소가 되는 곳, 눈.

사출된 탄환이 안구를 꿰뚫고 그 안쪽에 있는 중요한 기관을 엉망으로 만들어 즉사시켰다.

하지만 달려들던 동작이 바로 뚝 멈추지는 않았다.

금속을 넣은 부츠 밑창으로 머리를 막았다.

……그러길 잘한 것 같다. 강철 체모는 바늘 같았다. 손으로 막았다면 꼬치가 됐을 것이다.

"여기서 최대한 수를 줄이면서 흩어진 마물을 불러들이겠어!"

많은 인간을 학살하기 위해 마족 라이오겔 무리는 흩어져 있었다.

즉, 수컷이 접촉하여 암컷을 소생시킬 수 없는 상황이었다.

이 틈에 가능한 한 수를 줄이고 싶다.

"그게 좋겠어."

디아가 고개를 끄덕이고 암사자의 사체를 태웠다.

수컷의 접촉으로 소생한다면 재로 만들어 버리면 된다.

새로운 암사자가 나타났다. 냄새로 동료의 죽음을 알아차렸는지 학살을 그만두고 증오가 담긴 눈으로 노려보았다.

그 녀석이 울음소리로 동료를 부르자 마물 두 마리가 더 나타났다.

격정에 사로잡히면서도 냉정하고 영리했다.

……보스에게 잘 가르침을 받았다.

"온다!"

세 마리면 충분하다고 생각했는지 마침내 움직이기 시작했다.

산개하여 돌진. 내게 오는 녀석은 자신을 겨냥할 수 없도록 지그재그로 달렸고, 남은 두 마리는 타르트와 디아를 노렸다.

이렇게 빠르면서도 복잡하게 움직이면 맞힐 수는 있어도 눈을 노리는 정밀 사격은 불가능하다.

하지만 녀석을 죽일 패는 얼마든지 있었다.

지그재그로 움직인다는 것은 동작에 군더더기가 생긴다는 뜻이다. 즉, 도달하기까지 더 오래 걸린다. 마법을 영창할 시간이 있었다.

앞으로 한 발자국 남았을 때 영창이 완성됐다.

"【바람 우리】."

나와 디아가 만든 바람 속성 오리지널 마법.

전방의 반경 몇 미터를 이산화탄소로 채우는 마법이었다.

이 공간에 발을 들인 생물은 순식간에 폐 속 산소를 뺏기고 뇌에 중대한 대미지를 입어서 혼수상태에 빠지고 죽음에 이른다.

아무리 체모가 단단해도 생물이고, 호흡하는 한은 이 마법에서 도망칠 수 없다.

사용하기 좋아서 애용하는 마법이었다.

이쪽은 정리했다. 두 사람은 어떻게 됐을까?

타르트와 디아 쪽을 보고 광대가 올라갔다. 참 믿음직하게 컸다.

"【풍탄】. 루그 님, 해치웠어요!"

타르트는 투아하데의 눈에 마력을 담아 종이 한 장 차이로 발톱을 피함과 동시에, 지면 바로 위에 바람 뭉치를 만들어서 턱을 때렸다.

바람이라 체모로 흘릴 수 없었고, 머릿골을 흔드는 강렬한 충격에 암사자는 실신했다.

그렇게 움직임이 멈춘 순간, 단검으로 눈을 꿰뚫는 치밀함.

타르트는 암살자로서 대성하고 있었다.

【풍탄】은 디아가 개발한 마법으로 아주 짧은 시간에 영창할 수 있었다.

짧다고는 해도 영창 중에는 마력으로 신체 능력을 강화할 수 없다. 보호를 버리고 본연의 신체 능력으로 싸워야 하는 상황에서 마법으로 카운터를 노리다니, 여간내기가 아닌 담력과 집중력이 필요했다.

그리고 디아는 더 단순한 방법으로 이기는 것을 택한 듯했다.

"【화염 탁류】…… 도망칠 수 없을 거야."

조금 전에 화장시키면서 불이 효과가 있음을 알았다.

그래서 방대한 마력을 이용해 피할 곳이 없는 화염 격류를 날렸다.

저 정도 마법이라면 상당한 영창 시간이 필요하다. 아마 녀석들이 경계하고 있을 때부터 이미 영창을 시작했을 것이다.

앞을 예측하여 영창 완료 시간을 조정하는 고등 기술이 있기에 저렇게 고속으로 움직이는 마물을 마법으로 잡을 수 있었다.

박수 소리가 들렸다. 한 걸음 물러난 위치에서 관전하던 네반이

낸 소리였다.

"루그 님이 강하다는 건 알고 있었지만, 설마 종자분들이 이 정도일 줄은 몰랐어요. 놀랍네요."

"걸리적거린다면 데려오지 않아. 타르트와 디아는 내 소중한 조수이자 전력이야."

두 사람의 실력이 얼마 전까지와 같았다면 나는 두 사람을 이곳에 데려오지 않고 혼자 일했을 것이다.

그녀들은 계속해서 성장하여 마침내 안심하고 등을 맡길 수 있을 정도가 됐다.

"후후, 멋지네요. 그 관계. 그리고 그쪽의 메이드도. 그 정도 재능으로 그렇게까지 강해지다니. 갑자기 당신에게 흥미가 생겼어요."

"재능은 중요하지만 그게 전부는 아니야. 그보다 드디어 마족이올 거야."

이렇게 요란하게 죽인 데는 이유가 있었다.

적은 흩어져서 주민들을 학살하고 있었다.

뿔뿔이 흩어진 마물을 한 마리씩 쓰러뜨리다가는 어느 세월에 끝날지 알 수 없고, 적이 우리보다 압도적으로 빠르기에 쫓아가서 해치우는 건 현실적이지 않았다.

그러는 사이에 인간이 모조리 죽어 버린다.

그래서 쫓아가지 않고 불러들였다.

사자의 성질을 가졌다면 코가 좋을 것이다. 동료의 살이 타는 냄새를 알아차릴 터다. 그리고 무리, 가족이기에 우리를 용서하지 않는다. 그 계획은 들어맞았다.

바람 감시 마법이 반응했다. 여러 기척이 이쪽으로 오고 있었다. 그리고 그 중심에는 한층 큰 기척이 있었다.

"목숨을 건 술래잡기야. 뛰어!"

"네!"

"근처에 함정 포인트가 있었지?"

그렇기에 여기서 불러들였다.

여기서 뛰어가면 따라잡히기 전에 함정이 있는 곳에 도착할 수 있다.

"네반, 슬슬 관객 모드는 그만둬. 너도 전력이잖아?"

"어머, 그렇게까지 말씀하시니 일할 수밖에 없겠네요. 아쉬워요. 좀 더 여러분을 알고 싶었는데."

적은 이미 우리의 냄새를 기억했다.

아직 우리를 보지는 못했지만 확실하게 쫓아올 것이다.

이 숫자와 정면에서 싸우기는 어렵다. 그러니 확실하게 함정에 빠뜨리겠다.

Episode22

제
22
화

암
살
자
는
함
정
에
빠
뜨
린
다

The world's
best
assassin, to
reincarnate
in a different
world
aristocrat

엄청난 속도로 마족이 쫓아오는 가운데 우리는 질주했다.

목적지는 함정을 설치한 포인트였다.

"이제 와서 말하기도 뭐하지만요. 상대가 흩어져 있었으니 계속해서 각개 격파하는 편이 낫지 않았을까요?"

상당한 속도로 달리고 있는데도 네반은 쫓아오며 말까지 걸었다.

"그렇지. 그랬으면 전력을 줄일 수 있었어. 하지만 그러지 않은 이유가 두 가지 있어."

"들려주세요."

"첫째, 도시의 피해를 줄이기 위해서. 하나하나 죽이다가는 얼마나 시간이 걸릴지 몰라. 그사이에 녀석들에게 많은 사람이 죽어."

"상냥하시네요."

"말했잖아. 정에 휩쓸리지는 않을 거지만 구할 수 있는 목숨은 구할 거야."

마족이 목표를 바꿀지도 모르기에 사전에 주민을 피난시키지 않았다.

하지만 이렇게 마물을 유인함으로써 피해를

239

줄일 수 있고, 일이 벌어졌을 때 신속하게 피난을 유도할 수 있도록 네반의 힘과 성기사의 권한을 사용해 준비했다.

"그럼 두 번째 이유는요?"

"일망타진하기 위해서야. 하나하나 없애는 것보다 빠르고 안전해."

싸워 보고 알았다.

우리는 암컷 네 마리를 쓰러뜨렸지만 적의 위험성을 재인식했다.

장기전이나 조우전이 되면 디아와 타르트는 위험하다.

"그랬군요. 역시 믿음직스럽네요."

"그 말은 녀석들을 쓰러뜨린 다음에 듣고 싶은데."

모퉁이를 돌자 대로라고는 할 수 없지만 비교적 넓은 길이 나왔다.

그리고 뒤쪽에 사자 떼가 나타났다.

드디어 마족이 행차하셨나. 압도적인 존재감을 내뿜는 수사자, 마족 라이오겔이 있었다.

암컷도 상당히 크지만 그보다 한층 더 컸다.

지금까지 봤던 마족은 전부 인간형이었는데 라이오겔은 짐승이었다.

암컷에게는 없는 갈기는 황금색이었고 압도적인 마력을 간직하고 있었다.

자세히 보니 대기 중에 있는 마나를 모아 축적하는 듯했다.

"따라잡히고 말았어요! 발을 묶을까요?"

타르트가 다급한 목소리로 말했다.

그녀의 말대로 상당히 거리가 줄어들었고, 후속 마물도 차례차례 모퉁이를 돌아 나타나고 있었다.

우리는 가장 발이 느린 디아에게 보조를 맞추고 있으니 앞으로 십여 초면 따라잡힐 것이다.

"아니, 됐어. 오히려 좋은 상황이야."

이대로 가다가는 함정이 있는 포인트에 도착하기 전에 따라잡히겠지만, 라스트 스퍼트로 몇 초만 벌면 이상적인 타이밍이 된다.

"디아, 네반, 미리 협의한 대로 가자. 타르트는 네반을 업어 줘."

"응, 슬슬 영창을 시작할게."

"드디어 제 차례군요."

달리면서 디아와 네반이 영창을 시작했다.

대마법을 발동하기 위해 거의 모든 마력을 써서 신체 능력을 강화할 수 없게 된 두 사람은 속도가 떨어졌다.

내가 디아를, 타르트가 네반을 업고 장거리 달리기 폼에서 단거리 달리기 폼으로 전환했다.

다른 사람을 업고 있는지라 별로 오래 버티지는 못하겠지만, 전력으로 달리면 따라잡히기까지의 시간을 10초 정도 늘릴 수 있다.

그리고 그 10초가 있으면 함정이 있는 포인트까지 도착하고 두 사람의 영창도 완성된다.

나와 타르트는 전력 질주한 끝에 어떻게든 따라잡히지 않고 목표 지점에 도달했다.

뒤쪽에는 마족 라이오겔과 권속 스물일곱 마리가 있었다.

길이 길고 넓은 덕분에 녀석들은 일직선으로 늘어서 있었다.

241

완벽한 타이밍과 상황이었다.

"디아!"

"【강철 성벽】!"

영창하던 디아의 마법이 발동했다.

디아의 오리지널 마법.

지하에서 거대한 철벽이 솟아올라 넓은 길을 막았다.

녀석들은 웬만한 높이는 뛰어넘는다.

하지만 디아의 【강철 성벽】은 두께 5m, 높이 15m라는 터무니없는 규모였다.

그렇기에 영창 시간이 길었고 마력을 충분히 다듬을 시간이 필요했다.

선두로 달리던 녀석들이 요란하게 충돌했고, 조금 뒤에 있어서 여유가 있던 녀석들은 순간적인 판단으로 뛰어넘으려고 했다. 하지만 15m나 되는 벽은 높아서 뛰어넘지 못하고 격돌했다.

결국 연쇄 추돌 사고가 일어나며 사자들은 대혼란에 빠졌다.

그래도 방심할 수는 없었다.

지금은 패닉에 빠졌지만 냉정함을 되찾으면, 측면에 있는 집을 뛰어넘으면 된다는 것을 금방 알아차릴 것이다.

그러니 여기서 몰아붙인다.

"【스턴 플레어】."

이어서 네반의 영창이 완성됐다.

이것도 디아에게 개요를 전해서 개발을 의뢰한 오리지널 마법.

그것도 빛 속성 마법이었다.

디아가 빛 마법을 습득한 것은 불과 얼마 전이지만 어떻게든 늦지 않게 만들어 줬다.

사람 머리만 한 광구(光球)가 포물선을 그리며 벽을 넘어 추돌 사고 현장으로 향했다.

"다들 철벽에 등을 돌리고 눈을 감아!"

1초 후, 소리도 없이 세계를 희게 칠하는 하얀 섬광이 터졌다.

【스턴 플레어】는 공격 마법이 아니었다.

진압용 마법이었다.

정체는 그저 강렬한 빛.

하지만 그것을 이 나라에서도 다섯 손가락 안에 드는 마력 보유 자인 네반이 전력으로 쓰면 어떻게 될까?

잠시 눈이 안 보이는 정도의 귀여운 수준이 아니다. 망막이 순식 간에 타 버려서 시력을 영원히 잃는다.

말하자면 눈을 죽이는 것이다. 가뜩이나 혼란에 빠져 있던 사자 무리는 눈이 타 버리면서 더욱 동요했다.

디아의 【강철 성벽】으로 발을 묶고 【스턴 플레어】를 때려 박았다.

이로써 겨우 전제 조건을 클리어했다.

"마스크를 써!"

소리쳐 다음 지시를 내리며 얼굴 전체를 덮는 마스크를 쓰고 상 의에 수납해 뒀던 스위치를 눌렀다.

움직이지 못하게 된 사자 무리 주위의 집들이 날아갔다.

미리 매수한 집이었고 수제 폭탄을 설치해 뒀다.

그 폭탄도 살상용이 아니었다.

민가에 설치할 만한 규모의 폭탄으로 마족과 그 권속을 몰살할 수 있으리라고 생각할 만큼 나는 낙천가가 아니다.

저 폭탄은 소리와 냄새 폭탄이었다.

거리의 유리가 깨질 만큼 엄청난 폭음이 울리고 몹시 강렬한 자극취가 세계를 물들였다.

이것들도 매우 강력했다.

소리는 고막을 찢고, 뇌를 흔들고, 반고리관을 모조리 파괴한다.

냄새는 강인한 남성조차 순식간에 실신시키며, 엄청난 부하를 줘서 냄새를 느끼는 세포를 망가뜨려 버린다.

만약 전용 마스크가 없었다면 우리는 평생 청각과 후각을 잃었을 것이다.

폭발 직후, 영창하며 【강철 성벽】 너머로 달렸다.

암사자들 사이를 그냥 지나갈 수 있었다.

당연했다.

【스턴 플레어】로 망막이 타서 실명했고, 함정으로 고막이 찢어졌고, 코도 망가졌다.

시각, 청각, 후각을 잃었으니 아무것도 보이지 않고 느낄 수 없었다.

녀석들의 강점은 뛰어난 오감이다. 너무 좋은 귀와 코가 탈이 되어 대미지가 막대했다.

내 목적은 처음부터 그것이었다.

완벽하게 죽일 수 없다면 상처를 입히기보다 확실한 무력화를 우선한다.

여기까지 판이 깔렸다면 권속에게 방해받지 않고 마족 라이오겔을 노릴 수 있다.

녀석은 마족의 힘으로 재생하고 있지만 아직 나를 보지 못했다.

특별히 제작한 포대를 【두루미 혁낭】에서 꺼냈다.

포탄은 720mm. 【포격】에 쓰는 탄알의 여섯 배였다.

그리고 끝부분이 납작하고 안으로 휘어 있었다.

녀석을 날려 버려서 권속의 재생을 막고 일망타진하기 위한 포탄.

관통하는 것이 아니라 살에 박아 운동 에너지를 전달해서 날려 버리는 설계였다.

팔석을 장전했기에, 영창 중인 마법에 모든 마력을 쏟아붓고 있는 지금도 쏠 수 있었다.

"【포격】!"

특수 탄두가 사출되었다.

권속들뿐만 아니라 마족 라이오겔의 눈과 귀와 코도 망가져서 아직 재생되지 않은 상태였다.

무조건 맞는 일격. 그럴 터였다.

'역시 백수의 왕인가.'

내심 칭찬했다.

보이지 않을 텐데도 음속을 가볍게 능가하는 속도의 【포격】을 오른팔로 쳐 냈다.

"다 보인다!!"

오른팔이 날아갔지만 포탄은 빗나갔고, 녀석은 여전히 그곳에 진좌해 있었다.

설마 막을 줄은 몰랐다.

놀랐지만, 덕분에 보험이 불발로 끝나지 않게 되었다.

나는 【포격】 직후에 달렸고, 영창이 끝남과 동시에, 오른팔이 사라지며 생긴 사각지대에서 마족 라이오겔을 잡았다.

내가 달리며 영창한 마법.

그건 바로 필살의…….

"신창 【궁니르】."

화력만 따지자면 내가 가진 마법 중에서 최강이다.

단, 착탄까지 10분 이상 걸리는 결함품이었다.

하지만 이 마법은 편법 같은 사용법이 있었다.

창을 날려서 맞히는 것이 아니라 적 자체를 쏘는 것이다.

우주로 나가기 직전까지 적을 쏘아 올리고 떨어뜨린다.

이걸 당하고 무사할 생물은 없다.

용사를 죽이기 위한 비장의 카드 중 하나였다.

다만 본래 사용법과는 다른 약점이 있었다. 방대한 마력이 필요하기에 신체 능력 강화에 마력을 돌릴 수 없었다. 물론 영창에 시간이 걸린다는 약점은 그대로였다.

본연의 신체 능력으로 대상과 접촉해야 했다. 그것도 긴 영창을 하면서.

용사와 싸우며 그런 짓을 할 수 있을 것 같지는 않았다.

하지만 전투가 아니라 암살이라면 상대가 인식하기 전에 접촉할 수 있다.

현재로서는 용사를 죽일 가능성이 가장 큰 패였다.

"하늘 여행을 즐기고 와."

"애송이이이이이이이이이이이이!"

외침조차 놓아두고서 점점 가속하여 하늘로 올라갔다.

녀석은 교외에 추락하여 확실하게 죽는다. 그리고 재생할 것이다.

그거면 됐다.

내가 원한 것은 시간이다.

"타르트, 디아, 네반. 이 녀석들을 모두 죽이고 화장한 다음에 녀석이 떨어질 포인트로 가자."

이곳에는 시각과 청각과 후각을 빼앗기고 재생 능력도 없는 무력한 암사자들만 있었다.

몰살하기는 쉬웠다.

그리고 확실하게 재로 만들면 마족 라이오겔은 권속을 재생시킬 수 없다.

게다가 나는 녀석이 추락할 지점을 알고 있었다.

방해되는 권속들을 제거한 상황에서 마족 라이오겔과 싸울 수 있다.

"우와, 하는 짓이 진짜 참혹해."

"역시 루그 님이에요."

디아와 타르트가 벽 건너편에서 얼굴을 내밀더니 대화하면서 차례차례 암사자들을 처리했다.

"이게 암살자의 싸움이군요. 논리적으로 꼼꼼히 준비하고, 상대의 장점을 봉인하여, 아무것도 못 하게 만들고서 죽이는 것. 멋져요."

무리 지어 강력하다면 무리로서 기능하지 못하게 한다.

오감이 뛰어나다면 망가뜨린다.

정면으로 싸우는 것은 기사에게 맡기면 된다.

"이번에는 정보가 충분히 있었어. 정보가 있으면 준비할 수 있어. 암살은 죽이기 전에 얼마나 쌓아 올렸는지가 중요해."

실제로 칼을 휘두르는 것은 단순한 마무리에 지나지 않는다.

거기에 이르는 과정이야말로 암살자의 실력이다.

그리고 권속을 모두 죽이는 것조차도 준비 작업에 불과했다. 이번 목적은 마족 라이오겔을 죽이는 것이었다.

그렇기에 방심하지 않는다.

마족 라이오겔의 숨통을 끊기 전까지는.

Episode23

제
23
화
──
암
살
자
는
백
수
의
왕
에
게
도
전
한
다

The world's
best
assassin, to
reincarnate
in a different
world
aristocrat

우리는 수월하게 권속들을 모두 죽였다.

주위에 진동하는 강렬한 악취를 바람으로 단숨에 하늘로 보내고 마침내 마스크를 벗을 수 있었다.

이번에 사용한 빛, 소리, 냄새 병기는 쓸 만하다. 상대가 강자라면 어중간한 화력보다 이런 것들이 더 유용하다.

"그럼 한꺼번에 태울게."

화염 폭풍이 사체 더미를 가두고 불태우자 재가 흩어졌다.

"이제 괜찮겠네. 내가 만들긴 했지만 【스턴 플레어】는 생각보다 굉장했어."

"저도 놀랐어요. 빛 마법은 화력이 불만스러웠는데 이렇게도 쓸 수 있군요. 죽이지 않고 무력화하는 게 멋져요! 여러 방식으로 쓸 수 있겠어요."

빛의 약점은 화력이다.

빛에 살상력을 주려면 어마어마한 광량이 필요해서 많은 마력을 쓴다.

또한 범위 공격도 쥐약이다. 한계까지 집약

하여 나쁜 효율을 보완하는 것이 기본이니까.

【스턴 플레어】는 위력과 범위라는 빛 마법의 결점을 보완할 수 있는 마법이었다.

"잡담할 여유는 없어. 앞으로 5분쯤 뒤면 녀석이 떨어질 테니까."

그 녀석을 날렸을 때의 감각으로 알았다.

녀석의 체중은 400kg 이상이다.

내 【궁니르】는 100kg의 질량을 쏘아 올리는 것이 전제인 술식이며, 그것은 그게 내 순간 마력 방출량으로 쏠 수 있는 한계이기 때문이다.

【궁니르】를 처음 만들었을 때보다 마력 방출량이 올라서 원래대로 쏠 때보다 마력을 담았지만, 그래도 상승시킬 수 있는 거리는 상당히 짧아진다.

게다가 날렸을 때의 감각으로 즉석에서 체중을 역산한 것이라 평소와는 비교가 안 될 만큼 정확도가 떨어졌다.

그래서 안전을 중시하여 30km쯤 떨어진 북동쪽의 광대한 황야 한복판으로 추락 지점을 잡았다.

다소 계산이 틀어지더라도 주변 도시에 큰 피해는 주지 않을 터다.

"서둘러야겠네."

"네! 도망칠지도 몰라요!"

"그렇진 않을 거야. 잠깐 봤을 뿐이라서 확실하진 않지만, 그 마족은 권속이 모두 죽어서 위험하다고 느끼는 게 아니라 적을 증오하며 그 피로 속죄케 하겠다고 생각할 타입이야."

짧은 만남 속에서 눈이 마주쳤었다.

그 눈은 백수의 왕 그 자체였다.

"어쨌든 서두르죠. 선수 치고 싶으니까요."

"그래."

달리기로는 5분 만에 갈 수 없기에 바람 마법을 사용한다.

"다들 날 꽉 잡아. ……더 붙어. 좋아. 이 정도면 갈 수 있겠어."

"이거, 꽤 부끄럽다."

"하으, 루그 님에게 찰싹 달라붙다니."

"다음에는 어떻게 저를 놀라게 하실 건가요?"

오른팔에 디아가, 왼팔에 타르트가, 등에 네반이 붙었다.

다른 사람이 본다면 터무니없는 그림이리라.

세 미소녀가 밀착하여 각기 다른 감촉에 의식을 빼앗길 것 같았지만 영창에 집중했다.

어떻게든 영창이 완성됐다.

"【바람 타기】."

돌풍이 불며 우리의 몸이 날아올랐다. 공중에서 바람 카울에 휩싸여 활공하고 바람을 조작하여 가속했다.

3인분의 짐을 안고 있어서 원래보다 속도는 떨어졌지만 초속 120m, 시속으로 환산하면 432km는 됐다.

이 속도라면 약 4분 만에 30km를 갈 수 있다.

아무리 신체 능력을 강화해도 달리기로는 이런 페이스를 유지할 수 없다.

"이 마법 뭐야?! 루그, 어느새 이런 걸 만들었어?"

"짬짬이 만들었어. 재미있지?"

"재미있다는 점이 싫어! 나도 이거 연구하고 싶었어!"

"우와~ 굉장해요. 하늘을 날고 있어요."

"정말 기분 좋네요."

예전에는 땅 마법으로 행글라이더를 만들고 바람을 조종하여 가속시켰으나, 굳이 그렇게 하지 않아도 지금의 나라면 아예 바람을 탈 수 있겠다는 생각이 들어서 고안해 냈다.

장거리 비행은 물리적으로 기체를 만드는 편이 낫지만 5분 정도의 비행이라면 이쪽이 간편해서 좋다.

"마족 퇴치, 순조롭네. 이렇게 간다면 쉽게 해치울 수 있을 것 같아. 무리가 강점인 마족이잖아? 이렇게 간단히 권속을 해치웠으니 마족도 빨리 끝날 거야."

"……그건 어떨까."

아무래도 신경 쓰이는 점이 하나 있었다.

뱀 마족 미나는 마족 라이오겔이 강하다고 했다. 내가 이길 수 없을 거라고 했다.

그렇기에 조력자를 준비했다고 했다.

현재로서는 라이오겔이 압도적으로 강하다는 생각이 안 들고 조력자가 나타날 기미도 없었다.

하지만 그것이 거짓말할 것 같지는 않았다.

마족 라이오겔에게는 뭔가 숨은 힘이 있다.

그런 생각을 지울 수 없었다.

◇

낙하 예정 위치에서 5km쯤 떨어진 곳에 도착했다.

우리가 있는 곳은 북동쪽 황야의 남서쪽이었다.

중심에 떨어지도록 날리기는 했지만 이번에는 정확도가 높지 않기에 거리를 뒀다.

그만큼 바로 달릴 수 있도록 준비하고서 투아한데의 눈에 마력을 담아 주위를 경계하고 있었다.

……예상 착탄 시각까지 앞으로 20초쯤.

위를 올려다보고 싶지만 【궁니르】의 속도는 투아한데의 눈으로도 포착할 수 없기에 착탄하고 나서 반응할 수밖에 없었다.

카운트를 이어가서 예상 시각이 됐지만 떨어지지 않았다. 3초후, 예상 착탄 지점에서 서쪽으로 4km쯤 벗어난 지점에 떨어졌다. 즉, 우리의 1km 앞이었다.

여유를 두길 잘했다.

폭음과 함께 흙먼지가 일며 거대한 크레이터가 생기고 흙벽이 해일처럼 솟았다.

평소보다 고도는 낮았지만 질량이 큰 만큼 위력은 거의 같았다.

미리 준비하던 영창을 끝내고 눈앞에 강철벽을 만들었다.

디아가 아까 발을 묶는 용도로 썼던 【강철 성벽】이었다.

우리에게 도달할 즈음에는 위력이 상당히 약해져 있었지만 그런 대로 충격은 있었다.

"가자. 녀석은 바로 재생할 거야."

저 참상을 보면 확실하게 죽었겠지만 【마족 살해】 없이는 계속 재생하는 것이 마족이다.

"이번에는 루그도 앞으로 가는구나."

"신경 쓰이는 점이 있어서."

나보다 강하다는 말이 옳다면 타르트 혼자서는 막지 못하고 죽을 것이다.

내가 앞으로 가는 만큼 마족의 핵이 되는 【홍색 심장】을 부수는 역할은 네반에게 맡겼다.

그걸 위해 필요한 패도 넘겼다.

"그럼 힘내세요."

네반이 우리와 거리를 벌리고 망토를 둘렀다.

내가 직접 만든 망토로, 황야와 일체화되도록 사전에 색을 칠하고 사람 냄새가 지워지도록 궁리했다. 방어력도 지극히 높았다.

저격 역할을 맡은 네반에게 주는 선물이었다.

◇

네반을 제외한 셋이서 마족을 이용한 【궁니르】의 착탄 포인트에 도착했다. 거대한 크레이터 안에 수사자…… 마족 라이오겔이 있었다.

자리에 주저앉아 길게 울고 있었다.

"GYAOOOOOOOOOOOOOOOOOOOOOOOOOOOOOOOONNN."

어딘가 구슬픈 소리였다.

암컷을 잃은 슬픔일까.

하지만 동정하지는 않는다. 빈틈투성이니까 사양 말고 선수를 치자.

디아에게 눈짓하자 그녀는 영창을 시작했다. 【마족 살해】는 사정거리가 짧고, 이 이상 다가가면 맞히기 전에 들킨다.

그래서 사용하는 마법은 눈을 안 보이게 하는 【스턴 플레어】였다.

그 마법이라면 최대 50m까지 앞으로 날릴 수 있다.

동시에 나는 【마족 살해】를 영창했다.

시야를 봉인하여 혼란에 빠뜨리고 【마족 살해】를 맞힐 계획이었다.

"【스턴 플레어】!"

디아의 영창이 완성됐다.

네반이 썼을 때보다도 완벽한 마법이었다.

광구가 포물선을 그리며 녀석에게 갔고 팽창했다.

하지만······.

"GRYYYYYYYYYYYYYYYYYYYYYYYYYYYYYYYYYYYYYYY."

폭발 직전에 마족 라이오겔이 포효했다.

믿을 수 없게도 그 포효는 공기층을 왜곡했고, 왜곡된 공기층이 빛을 굴절시켰다.

단순히 막혔을 뿐이라면 놀라지도 않는다.

【스턴 플레어】의 구조를 완전히 이해하고서 완벽하게 대응했다.

예상보다 지성이 더 높았다.

녀석이 이쪽을 보았다.

"소리 들리지 않는다. 내 여자, 답하지 않는다. 너희인가. 너희가, 그런 건가."

살의에 찬 목소리였다.

생물적인 본능이 경종을 울려서 무의식적으로 뒷걸음질 쳤다.

이성을 단련하여 본능을 잘 억제하는 암살자를 공포로 움직이게 하다니?

"내 힘, 돌아온다. 다들, 이제, 없다."

마족 라이오겔의 몸이 점점 커졌다.

근육이 부풀고, 독기와 마력이 흘러넘치고, 갈기는 더 길게 자랐다.

대체 무슨 일이 벌어지고 있는 거지?

이대로 두면 위험하다. 반사적으로 권총을 뽑아 연사했다.

재생될 것은 알고 있다. 그래도 이 탈바꿈을 그냥 놔두면 돌이킬 수 없어질 것 같았다.

모든 총알이 명중했다. 하지만 부풀어 오른 근육 때문에 박히지 않았다.

급기야 라이오겔이 일어섰다. 통나무처럼 근육이 부푼 뒷다리가 쭉 뻗고, 반대로 몸통은 줄어들며, 앞발은 손가락처럼 자라서 인간에 가까워지고, 발톱은 자랄 뿐만 아니라 두껍고 예리해져서 마치 하나하나가 까만 검 같았다.

그 모습은 흡사 수인.

녀석이 뛰었다.

엄청난 속도였다. 나를 능가했다. 이 정도면 에포나 급이다.

오른쪽에서 무릎차기. 너무 빨라서 피할 수 없다.

퀵 드로로 탄창에 남은 모든 탄환을 사출하며 동시에 회피했다.

탄환은 근육에 막혔지만 그 충격으로 속도가 둔해져서 아슬아슬하게 피할 수 있었다.

녀석은 속도를 주체하지 못하고 아득한 저편에 착지했다.

"용서 못 해. 너는 제일 마지막에 죽일 거다. 손발을 잡아 뜯고, 눈앞에서 네 여자를 하나하나 범하며 잡아먹어 주겠다."

조금 전까지 말투가 어눌했는데 유창하게 떠들었다.

……그렇군. 이런 거였나.

본인은 그다지 강하지 않으나 무리가 위협적이라는 것은 틀린 말은 아니지만 맞는 말도 아니었다.

암컷들에게 자신의 힘을 나눠 줘서 개체의 강함을 버리는 대신 무리의 강함을 손에 넣은 것이다.

그리고 암컷이 죽으면 나눠 줬던 힘이 돌아와서 개체의 강함을 되찾는다. 지금의 라이오겔이야말로 진정한 모습이었다.

뱀 마족 미나는 이걸 알면서 숨긴 건가.

"후우, 예정이 틀어졌군."

그렇다면 수정하자.

내게는 문제에 대처하는 힘이 있다.

그리고 아마 우리에게 유리한 돌발 상황도 생길 것이다.

뱀 마족 미나의 성격을 생각하면 라이오겔이 가진 진정한 힘을 말하지 않은 것은 연출을 위해, 자신의 장난감을 가장 자랑할 수 있는 타이밍에 보내기 위해서일 테니까.

Episode24

제
24
화
―
암
살
자
는
친
구
와
재
회
한
다

The world's
best
assassin, to
reincarnate
in a different
world
aristocrat

마족 라이오겔은 상상 이상으로 위험하다.

타르트와 마주 보며 고개를 끄덕이고 우리는 동시에 특제 주사기로 목에 약을 주입했다.

단시간뿐이지만 뇌를 활성화시킴과 동시에 제한을 해제하는 약이었다.

세계가 천천히 흐르고, 신체 능력 및 순간 마력 방출량이 증가했다.

압도적인 힘이기는 하지만 양날의 검이었다.

뇌의 제한은 장식으로 달린 것이 아니다. 무시하면 강렬한 반동이 온다.

심지어 약의 효과 시간은 짧고, 계속 사용하면 금방 내성이 생겨 버린다.

이건 비장의 카드로 분류되어 웬만하면 사용하지 않았다.

그리고 지금은 웬만하지 않은 상황이었다.

마족 라이오겔은 갈기를 휘날리며 내가 아니라 타르트를 노렸다.

타르트에게 여우 귀와 복슬복슬한 여우 꼬리가 생겼다. 이것도 단시간만 사용할 수 있는 비장의 카드였다.

게다가 【종자의 헌신】까지 썼다. 검증 결과, 약 3분만 쓸 수 있는 힘을.

타르트도 아는 것이다. 힘을 아끼다가는 죽는다는 것을.

타르트는 회피를 택하지 않았다. 창을 정면으로 들고 돌진했다.

타르트 뒤에서 바람이 폭발했다. 디아가 개발한 순간영창 바람 마법을 로켓으로 이용한 것이다.

"고양이 따위, 여우의 먹이예요!"

【야수화】의 부작용으로 호전적으로 변했다. 【종자의 헌신】의 부작용으로 공격적인 사고가 내게 전해졌다.

타르트의 눈은 육식 동물의 눈이었다.

【야수화】한 타르트는 매우 사랑스러운 모습과 어울리지 않게 흉포해진다.

창은 평소 쓰던 창과 달랐다.

평소 쓰는 창은 하녀복에 숨기기 위해 손잡이 부분이 분할되고 끝부분에 단검을 부착하는 형태였다.

몰래 가지고 다니기 위해 강도와 성능은 희생했다.

하지만 지난번에 장수풍뎅이 마족과 싸우면서 화력 부족을 통감했다.

그렇기에 휴대성이 아니라 파괴력을 중시한 무기를 새로 만들었다.

창의 끝부분이 초고속으로 회전했다.

팔석을 박아 동력으로 삼고, 드릴처럼 창끝이 초고속 회전하는 구조였다.

게다가 그 창날은 내가 생각할 수 있는 가장 단단한 합금으로 만들었다.

그렇게 다이아몬드조차 뚫는 마창이 만들어졌다.

뇌의 제한을 해제하고, 바람 로켓으로 자신을 앞으로 쏘고, 게다가 【야수화】와 【종자의 헌신】까지 사용하여 강화된 신체 능력으로 그 마창을 찔렀다.

돌진력만 실린 게 아니었다. 충돌하는 순간, 허리와 팔의 힘도 실은 혼신의 일격이었다.

라이오겔의 손톱보다도 창이 더 긴 만큼 먼저 착탄했다.

라이오겔이 피하고자 했다면 피할 수 있었을 테지만, 여자가 찌르는 창에 강철 같은 육체가 뚫리지 않으리라고 자만하여 그대로 부딪쳤다.

하지만 그건 악수였다. 타르트의 창은 특별 제작품.

권총으로 쏜 총알조차 튕긴 강철 같은 몸을 찌르고 뚫었다.

그러나…….

"말도 안 돼. 루그 님의 창이."

"내 육체에 상처를 내다니, 제법 강한 암컷이군. 맛있겠어."

라이오겔의 가슴을 뚫은 창의 회전이 심장에 닿기 전에 멈췄다.

녀석이 근육으로 막은 것이다.

그대로 두 팔을 벌린 라이오겔이 끌어안듯이 타르트를 할퀴려고 했다.

"얕보지 마세요!"

타르트가 창의 숨은 기능을 쓰기 위해 손잡이를 비틀었다.

그러자 굉음과 함께 창끝이 사출되었다.

엄청난 반동에 창을 쏜 본인도 5m쯤 날아갔고, 라이오겔은 가슴을 꿰뚫려 날아갔다.

타르트는 착지와 동시에 예비 창날을 장착했고, 라이오겔은 몇 미터 앞에 있는 바위에 고정되었다.

창날 옆에 갈고리가 달려 있어서 살이 꿰어 빠지지 않기에 체내에 탄환이 남아 고정된 것이다.

"신형 창, 아주 편리해요!"

신형 창은 창이면서 초대형 구경의 총이기도 했다.

창끝 자체에 회전 기구와 팔석을 넣고, 평소에는 회전창으로 쓰다가 여차하면 팔석을 기동해서 【포격】을 행한다.

타르트의 전투 스타일을 생각하여 이렇게 만들었다.

타르트는 그다지 사격이 능숙하지 않다. 이 창은 냅다 찌르고 냅다 날리는, 대포를 모독하는 운용이 기본이었다.

'제법이야.'

이런 별난 무기를 능숙하게 쓰는 타르트를 내심 칭찬하며 달렸다.

나는 관객이 아니었다.

내 역할은 디아가 확실하게 【마족 살해】를 맞힐 수 있을 만한 틈을 만드는 것이었다.

바위에 고정된 녀석을 향해 질주하며 영창했다.

【고속 영창】, 그보다 한층 깊은 경지에 들어선 【다중 영창】으로

두 가지 마법을 동시에 사용했다.

라이오겔은 살에 박힌 창끝을 성가시다는 듯 잡아 자신의 살을 찢으며 뽑고서 나를 노려보았다.

"GAAAAAAAAAAAAAAAOOOOOOOOOOOOOOOOOOO."

포효.

평범한 위압이 아니라 마력이 담긴 충격파였다.

몸이 붕 뜨며 날아가려고 했다.

하지만 아슬아슬하게 영창이 완성되며 사정거리에 들어갔다.

"【바람 우리】, 【얼음 감옥】."

두 가지 마법을 날렸다.

첫 번째, 적의 주위를 이산화탄소로 뒤덮어서 순식간에 체내의 산소를 빼앗는 바람 마법.

두 번째, 적의 주위를 두꺼운 얼음으로 뒤덮어서 구속하는 물 마법.

진짜로 쓰고 싶은 마법은 두 번째 마법이지만, 주위가 얼음으로 뒤덮이는 동안 녀석이 얌전히 있을 리가 없었다.

그러니 【바람 우리】로 움직임을 막고, 그 사이에 【얼음 감옥】으로 굳힌다.

의도한 대로 녀석은 순식간에 산소를 빼앗겨 실신했고 얼음이 주위를 뒤덮었다.

얼음의 두께는 5m.

이거라면 움직일 수 없다.

일단 이건 평범한 얼음이 아니었다. 절대 영도의 얼음으로, 그 초

저온만으로도 움직임을 막는다.

그리고 안에서 깨부수려고 해도 얼음이 전신을 단단히 누르고 있었다. 아무리 무식하게 힘이 세도 동작의 기점을 완벽하게 제압 당하면 어떻게도 할 수 없다.

『역시 루그야. 나머지는 나한테 맡겨.』

디아가 나를 추월하여 라이오겔에게 가면서 눈으로 의도를 전달했다.

【마족 살해】영창은 최종 단계에 들어갔다.

【마족 살해】는 얼음을 투과한다. 지금이라면 맞힐 수 있다.

나도 다중 영창으로 복합 마법을 외웠다.

사용하는 마법은 【레일건】.

이번에 저격하는 역할은 네반이 맡았고 지금도 겨냥하고 있지만 보험은 필요할 것이다.

날리는 【마족 살해】의 착탄과 함께 네반의 저격과 【레일건】이 녀석의 【홍색 심장】을 덮친다.

디아의 영창이 완성되며 승리를 확신했다.

그때였다. 등골이 오싹해졌다.

제육감이 경종을 울려서 【레일건】영창을 취소하고, 디아의 목덜미를 잡아당겨 내 뒤로 보내면서 팔석을 전방으로 던져 지향성 폭발을 명했다.

"꺅! 왜 그래?!"

내가 뒤에서 잡아당긴 탓에 디아가 엉덩방아를 찧었고, 날리는

【마족 살해】는 빗나갔다.

　게다가 팔석이 폭발하면 모처럼 얼음으로 구속한 것도 풀릴 것이다.

　알면서 그렇게 했다. 그저 불길한 예감이 든다는 이유로.

　암살자의 감은 오컬트 같은 수준이 아니다.

　암살자는 오감을 전부 이용하여 늘 주위를 살피기에 어떤 사소한 전조도 놓치지 않는다.

　원래는 전조를 검증하여 위험성이 있을지 고려하고, 대책을 세우고, 실행해야 할지 판단하고서 행동에 옮기지만, 그러다가는 늦는 일도 많다.

　방대한 경험을 통해 생각하는 시간을 생략하고 결론을 내려 반사적으로 행동한다.

　그것이 바로 암살자의 제육감이다.

　"예감이 맞았네."

　팔석에 금이 가며 지향성 폭발로 폭연과 금속 조각이 터짐과 동시에, 얼음이 안쪽에서 폭발하여 그 파편이 산탄처럼 날아왔다.

　강대한 두 힘이 맞부딪치며 주위에 파괴의 상흔이 새겨졌다.

　판단이 늦었다면 나와 디아는 얼음 산탄을 맞고 치명상을 입었으리라.

　그리고······.

　"칫."

　바로 밑에 한계까지 자세를 낮추고서 돌진해 온 라이오젤이 있었다.

　나를 향해 손톱을 쳐올리고 있었다. 녀석의 신체는 상처투성이였고, 화상을 입었고, 금속 조각이 박혔고, 살이 너덜너덜해져 있었다.

얼음 산탄과 팔석 폭발이 끝난 순간 돌진했다면 이 타이밍에 여기까지 거리를 좁힐 수 없다.

엄청난 위력으로 맞부딪친 힘의 충돌을 뚫고 왔다고 생각할 수밖에 없었다.

무모한 것을 넘어 자살행위였다. 하지만 그렇기에 나는 생각지 못한 기습을 받고 말았다.

꾕음, 빛, 흙먼지. 오감 대부분이 기능을 잃고 암살자의 감조차 작동하지 않는 타이밍.

틀렸다.

이 속도, 타이밍. 피할 수 없다.

적어도 치명상은 피해야 한다.

……그렇게 생각한 순간, 나를 향해 휘둘린 라이오겔의 오른팔 팔꿈치 아래쪽이 빛에 관통되어 날아갔다.

팔꿈치 아래쪽을 잃은 녀석의 오른팔이 내 코앞을 스쳐 지나갔고, 나는 즉각 카운터로 녀석의 입에 팔석을 던진 뒤 타격이 아닌 밀어내는 요령의 발차기로 거리를 벌렸다.

녀석의 입 안에서 팔석이 폭발하며 가슴 부근까지 날아갔다.

그것을 지켜보고서 거리를 두고 타르트, 디아와 함께 진형을 짰다.

"네반에게 도움을 받았어."

녀석의 아래팔을 날린 사람은 네반이다.

【마족 살해】가 적중했다면 심장을 꿰뚫었을 일격을 이곳에 사용

했을 것이다.

그게 없었다면 나는 크게 다쳤다.

"저 거리에서 맞히다니 역시 굉장하네요. ……다들 무사해서 다행이에요. 하지만 상황이 안 좋아요. 슬슬 약발과 【야수화】가 끝날 것 같아요. 저거, 너무 강해요."

"응, 강하네. 저거."

강하다. 단순히.

설마 마력과 독기를 폭발시켜서 얼음 감옥을 깨부술 줄은 몰랐다.

그리고 불합리할 만큼 압도적인 신체 능력과 방어력.

……단기 결전을 전제로 모든 자원을 썼는데도 간신히 호각이었다.

녀석의 머리가 돌아왔다.

지금 새로운 책략을 생각했지만, 이 책략이 통하지 않는다면 끝이다.

라이오겔을 주시하며 공격할 타이밍을 엿봤다.

하지만 녀석은 생각지도 못한 행동에 나섰다.

전력 질주. 우리를 무시하고서 말이다.

저 방향은 위험하다.

"【포격】."

탄환과 팔석이 장전된 대포를 【두루미 혁낭】에서 꺼내 【포격】을 쐈지만 녀석은 피했다.

아까처럼 일부러 맞는 오만함이 없었다.

뒤로 빠진 데다가 심지어 거리가 멀었다.

따라잡기도 어렵고 공격을 맞히기도 어렵다.

녀석의 목적은 저격수를 없애는 것이다.

조금 전의 일격으로 네반의 존재를 눈치채고 귀찮은 저격수부터 먼저 없애기로 했을 것이다.

거리가 좁혀지자 네반이 저격을 개시했다. 빛 일격이라 녀석에게 명중은 했고, 관통력이 뛰어나서 꿰뚫기는 했다.

하지만 너무나도 가느다란 빛이라 상처는 작았고, 녀석은 재생하며 돌진했다.

네반이 드물게도 당황하며 얼굴을 일그러뜨렸다.

그녀에게는 저것을 쓰러뜨릴 방도가 없고, 내가 도착하기까지 시간을 벌 방도도 없었다.

이대로 있다가는 물어뜯긴다.

"젠장!"

혀를 차며 달렸다.

틀렸다. 지금 가서 네반을 구하는 건 불가능하다…….

아니, 생각하자. 동료가 죽도록 내버려 둘 수는 없다.

그때였다.

아득한 상공에서 검은색 대검이 내려와 라이오겔의 눈앞에 꽂혔다.

라이오겔의 강인함을 생각하면 무시하고 돌진하면 될 텐데 녀석은 발을 멈췄다.

그리고 대지에 꽂힌 칼자루 위에 검정 일색인 남자가 착지했다.

팔짱을 끼고 망토를 펄럭이며.

라이오겔이 발을 멈출 만도 했다.

저 불길하면서도 어마어마한 힘을 가진 검은 대체 뭐지? ……예전에 봤던【신기】게 볼그조차 능가했다.

그런 내 의문에 답하는 자는 없었고, 검의 주인과 라이오겔이 대치했다.

"네놈은 뭐지. 동류인가? 우리와 같은 냄새가 나."

"동류, 홋, 그렇게 보이나. 나도 타락했군."

얼굴까지 덮은 의상 때문에 확신을 가질 수 없었지만 목소리를 듣고 확신했다.

이 압도적인 힘을 가진 검의 주인은 그다.

……올 줄은 알았지만 이 타이밍인가.

"방해하지 마라. 나는 저 남자의 손발을 잡아 뜯고, 녀석 앞에서 여자들을 범하며 잡아먹어야 해."

"그렇겐 못 하지. 저들은 내 친구야. 그리고 그녀는 특별해."

"그럼 내 조아(爪牙)의 먹이가 돼라."

"주연을 돋보이게 하는 역할인 주제에 잘도 짖는군. 너는 딱 좋은 연습 상대야. 나는 이제 루그를 뒤쫓을 뿐인 존재가 아니라는 것을 여기서 증명하겠어."

새까만 검사가 칼자루에서 뛰어내려 검을 뽑았다.

"자, 눈 크게 뜨고 봐라. 어둠에 떨어져서, 아니, 어둠을 지배하여 얻은 내 힘을. 그리고 내 이름을 새겨라. 내 이름은 암흑용사 노이슈!"

마치 극장에서 배우가 그리하듯 자아도취에 빠진 목소리로 자신의 이름을 드높이 선언했다.

그리고 사자와 암흑용사가 맞부딪쳤다.

"너무 참혹하군."

변해 버린 노이슈를 보고 망연한 목소리가 나왔다.

뱀 마족 미나. 용서할 수 없다.

내 친구를 저렇게 만들다니.

주먹을 꽉 움켜쥐었다.

……장난감으로 삼는다는 게 이런 건가.

나는 그를 막지 못했다.

아니, 후회는 나중에 하자. 지금은 그저 해야 할 일을 할 뿐이다. 마족 라이오젤을 쓰러뜨리는 것만을 생각하겠다.

그리고 이 싸움이 끝나면 모든 기능을 써서 치료하자.

그것이 노이슈를 구하지 못한 내가 할 수 있는 유일한 속죄니까.

제25화 — 암살자는 함께 싸운다

The world's best assassin, to reincarnate in a different world aristocrat

재회한 노이슈의 모습은 전과 같지 않았다.

복장만 바뀐 것이 아니라 그 속도 바뀌어 있었다.

독기가 안쪽에서 새어 나왔다.

즉, 마물이나 마족처럼 되어 버렸다는 뜻이다.

뱀 마족 미나가 장난감으로 삼았다고 한 말은 이런 것이었다.

이렇게 되어 버리면 노이슈는 돌아갈 곳이 없다.

"인간이기를 그만두면서까지 강함을 추구하는 건가."

그 전조는 있었다.

노이슈와 처음 만났을 때, 그는 자신이 특별한 존재라고 믿어 의심치 않았다.

하지만 용사의 불합리한 힘을 눈으로 보고 절망했다.

그 후, 자신과 동격이라고 여겼던 내가 활약하자 질투했고, 개인의 힘으로 이길 수 없으니 기사단을 만들어서 자신의 가치를 나타내려고 했다.

하지만 그것조차 내가 부정해 버렸다.

……그 결과가 이것이었다.

노이슈를 이렇게 만든 것은 나일지도 모른다.

◇

네반 곁으로 갔다.

"괜찮아?"

"가슴이 조금 철렁했어요. 근데 루그 님, 그렇게 안색이 창백해지시다니…… 상처받았어요. 저는 루그 님이 도와주러 올 시간 정도는 벌 수 있을 만큼 강해요."

"미안. 과소평가했나 봐."

네반은 성격상 자신을 과대평가하지 않고 자신을 크게 보이지 않는다.

어쨌든 그녀는 아직 내 동료로 있을 생각이었다.

만약 내가 네반을 잘못 평가한다면 그녀를 포함한 팀 전체의 목숨이 위험해진다.

머리 좋은 네반이 그 사실을 모르고서 허세를 부릴 리는 없었다.

다음에 대련이라도 한번 해 보자. 그리고 힘을 가늠하자.

과대평가는 위험하지만 과소평가도 위험하다.

"노이슈는 강해졌네."

나와 네반은 나란히 서서 노이슈가 싸우는 모습을 보았다.

노이슈는 혼자서 라이오젤과 호각으로 싸우고 있었다.

철저히 관객으로 있는 것에는 이유가 있었다.

원호하려고 해도, 지금 노이슈가 가진 역량을 몰라선 서로에게 위험하다.

일단은 역량을 파악한다.

동시에 치명적인 빈틈이 생긴다면 언제든 공격할 수 있게 전원이 준비하고 있었다.

타르트는 창에 뇌격을 휘감았고, 디아는 【마족 살해】 영창을 준비했고, 네반은 내가 건넨 무기를 병용한 빛 마법을 발사할 태세였다.

"굉장한 검이에요."

"그러게. 꺼림칙하고 강대해. 장비가 아니라 검처럼 생긴 마족이라고 해도 믿을 것 같아."

"바보 같은 소꿉친구, 아뇨, 바보 천치 같은 소꿉친구의 검술은 일류 이상 초일류 미만인 채예요. 신체 능력도 오르기는 했지만 규격을 벗어난 존재와 비교하면 오차 수준. 마력으로 신체 능력을 강화하는 기술은 이전과 똑같이 서툴러요. 여러모로 유감스럽네요. 하지만 저 검에서 흘러드는 출력이 너무 비정상적이라서 괴물과 맞붙을 수 있는 거예요. 무엇보다……."

"마족을 벨 수 있고 재생시키지 않아. 저런 무기가 있을 줄은 몰랐어."

노이슈가 가진 검은색 대검은 무시무시했다. 강철조차 쉽게 베는 라이오젤의 발톱을 막고도 흠집 하나 나지 않았다.

소지자를 독기의 힘으로 강화하고, 게다가 라이오겔의 피부를 찢을 만큼 예리하며, 마족의 재생을 막는 힘까지 있었다.

아마 노이슈는 본인이 강해지기 위한 개조가 아니라 저 마검을 쓸 수 있게 개조를 받았을 것이다.

저 마검은 명백하게 오버 스펙이었다.

【신기】를 연구하면서, 마법의 힘을 담은 장비도 단순한 것은 실용화할 수 있었다. 그 성과가 타르트의 창이었다.

하지만 【마족 살해】 같은 고도의 마법을 실현시킬 수 있을 것 같지는 않았다.

애초에 무한히 샘솟는 저 힘은 뭐지.

"……뭐, 대충 이해했어. 가세하고 올게. 저대로 두면 질 테니까."

"그렇겠죠. 저 마족, 학습 능력이 비정상적으로 높아요. 지금 호각이라면 패배는 시간문제예요."

네반이 단언했다.

내 의견도 같았다. 라이오겔의 두뇌는 위협적이다.

약발은 이미 끝나서 순간 마력 방출량은 평상시로 돌아와 있었다. 그래도 노이슈와 힘을 합치면 싸울 수 있다.

노이슈에게 가세하러 가면서 타르트와 디아에게 눈짓과 사인을 보내 지시를 내렸다.

내가 예상한 대로 된다면 그녀들의 힘이 필요할 것이다.

◇

총을 들었다.

노이슈는 신체 능력이 강화되었어도 기량은 예전 그대로였다. 오히려 힘을 완벽하게 제어하지 못하고 휘둘리는 만큼 단조로워져 있었다.

나라면 몇 수 앞까지 내다볼 수 있었다.

꺼내 든 총은 【두루미 혁낭】에 수납해 뒀던 라이플이었다.

권총보다 큰 만큼 대구경 탄환을 쓸 수 있었다.

들어 있는 팔석 파우더의 양은 차원이 다르고, 이거라면 라이오겔의 육체도 뚫을 수 있다.

숨을 들이마셨다.

투아하데의 눈을 강화.

내가 보는 것은 0.몇 초 후의 미래다. 그러지 않으면 이 상황에서 원호 따위 할 수 없다.

근접전으로 격렬하게 맞부딪치며 위치가 바뀌는 가운데, 적만을 맞히는 것은 보통 사람에겐 불가능하다.

하지만 나는 보통 사람이 아니었다.

반칙에 가까운 투아하데의 눈이 없어도, 전생에는 시속 150km로 달리는 차에 탄 채 스쳐 지나가는 고속 철도의 창문 너머로 타깃을 저격했었다.

노이슈의 움직임도 라이오겔의 움직임도 파악하여 예측이 됐다.

277

그렇다면 이제 문제는 사격 정확도와 타이밍뿐이다.

"……."

말없이 탄환을 쐈다.

그 탄환은 노이슈의 공격을 예측하고 카운터를 가하는 라이오겔의 안면에 명중하여 머리를 날렸다.

물론 노이슈의 마검과는 달리 이쪽은 단순한 납구슬.

곧장 재생한다.

이 저격만으로는 의미가 없었다.

하지만…….

"멋진 원호야!"

무방비해진 라이오겔을 노이슈가 비스듬히 벴다.

그랬다. 빈틈만 만들면 노이슈가 알아서 대미지를 준다.

날아갔던 라이오겔의 머리가 재생됐지만 어깨에서 옆구리까지 깊이 새겨진 상처는 치유되지 않아서 피가 철철 흘렀다.

마족이 피를 흘리는 모습은 신선했다. 마족이라고 해도 피를 계속 흘리면 움직임이 둔해질지 궁금했다.

"자, 자, 자, 내 힘을 통감해라!"

그렇군. 재생할 수 없는 상황이라면 생물의 공통된 약점은 무시할 수 없는 건가.

라이오겔의 움직임이 눈에 띄게 둔해졌다.

그래도 정확하게 움직이는 것을 보면 싸움에 익숙했다.

형세가 역전되어 우쭐해진 노이슈가 크게 검을 휘둘렀고, 라이오겔은 최소한으로 최단 거리를 달려 목을 찌르려고 했다.

좋은 공격이었다. 저 공격이라면 노이슈의 검보다 먼저 도달한다.

만약 내가 없었다면 역전승했을 것이다.

하지만 그렇게 나올 줄 알고 있었다.

……내 탄환이 녀석의 팔을 날리면서 라이오겔이 균형을 잃었다.

"하아아아아아아아아아앗!"

노이슈는 날카로운 기합과 함께 횡으로 검을 휘둘렀다.

기합이라기보다, 내가 돕지 않았다면 죽었다는 공포와 수치심을 날리려고 하는 듯한 외침이었다.

그래서 조잡한 일격이 되었고, 라이오겔은 자세가 무너졌으면서도 치명상을 피할 수 있었다.

"저 녀석……."

노이슈의 기량은 변하지 않았다고 생각했지만 정정한다.

힘에 휘둘리며 간덩이가 부어서 주의력이 떨어졌다.

내가 원호하지 않았다면 두 번은 죽었다. 평소의 노이슈라면 두 번째 빈틈이 생겼을 때 이성을 잃지 않고 확실하게 치명상을 입혔을 것이다.

라이오겔이 뒤로 뛰자 노이슈가 필사적으로 쫓았다.

저것이 유도라는 것도 노이슈는 몰랐다.

"GAAAAAAAAAAAAAAAAAAAAAAAAAAAAAAAOOOOOOOOOOOOOOOONNNNNNNNNNNN."

다친 라이오겔이 달려드는 노이슈에게 충격파를 동반한 포효를 내질렀다.

노이슈가 날아가며 자세가 무너졌다. 그런데도 라이오겔은 빈틈
투성이인 노이슈를 방치하고 피를 흘리며 똑바로 내게 왔다.

"네놈만 해치우면!"

녀석은 노이슈보다 내가 더 위험하다고 판단했다.

녀석의 시선은 총구에 집중되어 있었다.

발사된 탄환을 방심하지 않고 피할 수 있도록.

현명한 판단이다. 그러나 어리석기도 했다.

그 극한의 집중력이라면 탄환을 보고 피할 것이다. 하지만 그건
육식 동물의 집중력. 즉, 보는 것만 보인다.

'요컨대 사각지대에서 가하는 공격에는 무방비하지.'

이 녀석이 이렇게 움직일 줄 알았다.

알기에 대책도 세웠다.

총을 들지 않은 왼손으로 수류탄을 꺼내 던졌다.

총구에 의식을 집중하고 있어서 라이오겔의 반응이 늦었다.

공중에서 폭발.

함정에도 사용했던 음향 폭탄이었다.

엄청난 충격에 라이오겔이 우두커니 섰다. 고막이 찢어져 귀에서
피가 흐르고 있었다.

못 움직이게 한 것에는 이유가 있다.

"이때를 기다리고 있었어요!"

녀석이 눈치채지 못하도록 조금씩 접근했던 타르트가 전격을 휘

감은 창으로 옆구리를 찔렀다.

전류로 체내를 유린하여 감전시킴으로써 강제로 행동을 정지시켰다.

음향 폭탄의 여파에서 회복되려던 녀석의 자유를 다시 뺏었다.

"【마족 살해】. 정말이지, 기다리느라 혼났어."

디아의 【마족 살해】로 녀석의 【홍색 심장】이 실체화되며 빨갛게 빛났다.

디아는 초고난도 술식을 완벽하게 영창했다.

움직이지 못하게 하고, 죽일 수 있는 상태로 만들었다. 그렇다면 할 일은 하나.

"【성광증폭포(聖光增幅砲)】."

마무리는 네반의 저격이었다.

내가 만든 도구로 빛 마력을 모아서 쏘는 강화 빛 마법.

미리 마력을 대량으로 쏟아부어 두는 것으로 빛 마법의 출력 문제를 해결하는 심플한 도구였다.

최대치로 충전하면 위력 부족이 고민거리인 빛 마법으로도 충분한 위력을 발휘한다.

그 일격은 빛의 속도로 【홍색 심장】을 꿰뚫었다.

처음부터 노이슈는 미끼로 쓸 생각이었다. 강제로 나를 노리게 하고, 그걸 이용해 틈을 만든다.

그 틈을 노리는 작전을 동료들에게 전달해 뒀었다.

라이오겔의 심장에 구멍이 뻥 뚫리며 존재가 옅어졌다.

"아악, 너, 너만, 네놈만 없었."

"맞아. 내가 널 죽였어."

녀석은 필사적으로 내게 손톱을 뻗었지만 닿기 전에 빛의 입자가 되어 사라졌다.

라이오젤, 너는 강했다.

조금만 삐끗했어도 졌을 것이다. 녀석과 나의 차이는 사전에 정보를 얻어 대책을 세웠는가 아닌가였다. 정면으로 맞부딪쳤다면 우리에게 승산은 없었으리라.

녀석을 추도했다. 그때 박수 소리가 울렸다.

"이게 【성기사】인 루그의 힘, 그리고 그 종자들의 힘이구나. 평범한 인간치고는 제법이네."

박수 소리의 근원지는 노이슈였다.

내가 잘 아는, 노이슈다운 우아하고 기품 있는 웃는 얼굴로 독기를 흩뿌리며 다가왔다.

아니, 내가 아는 웃음이 아니다. 노이슈는 이렇게 남을 깔보는 인간이 아니었다.

"얘기 좀 할까. 네가 사라진 뒤로 이런저런 일이 있었어."

"그래, 좋지. 나도 루그에게 할 얘기가 있어."

변해 버린 친구에게 할 말을 찾았다.

그의 마음을 두드릴 말을.

……다시 예전처럼 함께 웃을 수 있도록.

에필로그 ─ 암살자는 친구를 보낸다

Epilogue

The world's best assassin, to reincarnate in a different world aristocrat

노이슈와 마주했다.

마족을 쓰러뜨린 지금, 방해꾼은 없었다.

타르트와 디아가 조금 떨어진 곳에서 걱정스럽게 우리를 보고 있었다.

"설마 네가 그렇게 될 줄은 몰랐어."

내 말을 들은 노이슈는 쓴웃음을 지으며 약간 짜증을 담아 나를 보았다.

"왜 나를 연민해?"

"연민할 만하지. 그 몸으로 인간 세계에서 살 수 있을 것 같아? ⋯⋯아는 사람은 알아채. 그 몸을 휘감은 독기를 말이야."

마력을 감지하는 물건이 있듯이 독기도 감지할 수 있었다.

그리고 나라의 중추일수록 독기에 대한 경계가 강했다.

적어도 노이슈는 귀족으로서 살아갈 수 없다.

평범한 인간도 독기는 본능적으로 기피하니, 이대로는 인간 사회에서 밀려난다.

"그딴 건 이 힘 앞에서 사소한 일이야. 너도 봤잖아? 나는 너희보다 강해."

"그렇겠지. 하지만 큰 의미는 없어."

검을 장비한 노이슈의 무력은 나보다 위일 것이다.

하지만 그게 뭐 어쨌다는 것인가?

정면으로 싸우면 불리하겠지만, 저 검을 장비하지 않은 상황에서 덮치면 압도할 수 있다.

검을 장비하고 있더라도 어느 정도 거리가 있으면 일방적으로 죽일 수 있을 테고, 거리가 줄어들더라도 도망치는 것 정도는 가능하다.

도망쳐서 일단 숨었다가 기습하여 죽일 수도 있다.

힘은 절대적이지 않다. 사람이기를 포기하는 대가로 얻기에는 너무 보잘것없었다.

"날 질투하는구나? 줄곧 속으로 나를 깔봤겠지. 학원에서는 힘을 숨기고서, 우쭐대는 나를 비웃었을 거야! 내가 아주 우스꽝스러워 보였겠지. 그랬던 내가 너를 뛰어넘어서 이렇게 트집을 잡는 거야."

"깔본 적 없어. 오히려 존경했어. ……하지만 지금의 너는 우스꽝스러워 보여. 남에게 빌린 힘을 내세우며 허세를 부리는 불쌍한 남자야."

"루그!"

노이슈가 검을 잡았다.

이 이상 지껄이면 베겠다고 태도로 나타내고 있었다.

"그런 게 우스꽝스럽다는 거야. 싸구려 위협이야. 너는 강해졌을지도 몰라. 하지만 더 소중한 걸 잃었어. 눈을 떠. 그 강함을 얻어서 넌 뭘 하고 싶은데?"

"······닥쳐."

"썩어 빠진 나라를 바꾸겠다고, 그러기 위해 힘을 빌려달라고 나한테 말했었잖아. 그런 모습으로 나라를 바꿀 수 있겠어? 그저 강할 뿐인 개인이 바꿀 수 있을 만큼 국가는 단순하지 않아. 그걸 모르지도 않잖아? 이전의 너는 힘을 그저 하나의 수단으로 생각하고 네가 못 하는 걸 할 줄 아는 동료를 모았어. 네게 사람을 끌어당기는 매력이 있었기에 우수한 인간이 모였어. 그런 빌린 힘보다 훨씬 존귀해 보였어."

"닥치라고 했어!"

검을 뽑고 덤벼들었다.

타르트와 디아가 황급히 달려왔다.

그런 가운데, 나는 그저 노이슈를 바라보았다.

"내가 검을 멈출 거라는 걸 어떻게 알았어?"

"살기가 없었으니까."

검이 이마에 닿기 직전에 멈춰 있었다.

"미안해. 이러려던 게 아니었는데······."

노이슈는 검을 검집에 넣고 손으로 얼굴을 덮었다.

그는 독기가 몸에 깃든 반동으로 충동적으로 굴고 있었다.

그게 아니라면 여유와 기품이 넘치던 노이슈가 이런 짓을 할 리가 없다.

노이슈를 향해 손을 내밀었다.

"나랑 같이 가자. 다시 인간으로 만들어 줄 수는 없어. 하지만 독기를 숨기는 방법 정도는 가르쳐 줄게."

노이슈가 흘려 대는 독기는 비틀렸고 불안정했다. 전혀 제어하지 못하고 있다는 게 보였다.

하지만 제어할 수 있다는 확신이 있었다.

독기의 성질은 【마족 살해】 연구 중에 대강 파악했다.

그뿐만 아니라 뱀 마족 미나를 관찰하면서 녀석이 어떻게 독기를 감추고 있는지도 간파할 수 있었다.

조작하는 법에 관해 조언도 해 줄 수 있고, 그것을 보조하는 도구도 만들 수 있다.

인간으로 되돌릴 수는 없어도 인간 세계에 녹아들 수 있게는 해 줄 수 있었다.

"……그런 일을 어떻게 할 수 있는지는 묻지 않겠어. 하하하, 안 되겠다. 강해져서 네가 날 다시 보게 만들려고 했는데 너랑 얘기할 수록 비참해져. 난 갈게. 해야 할 일이 있어."

"어디로 가려고?"

"그걸 너한테 말해 줄 이유는 없지. 나는 다시 네 앞에 나타날 거야. ……아아, 너 때문에 정신이 들고 말았어. 아무것도 생각하지 않고 그저 기분 좋았었는데. 현실을 직시하게 됐어. 하지만 고마워."

노이슈가 등을 돌렸다.

그 등에 대고 말을 걸려고 했지만 뒤에서 네반이 튀어나왔다.

"당신, 언제부터 그렇게 시시한 남자가 됐죠? 약하고 머리가 나쁜 건 옛날부터 그랬지만 어리석지는 않았는데."

노이슈는 뒤돌아 울 것 같은 표정을 지었다.

내 말보다 훨씬 마음을 흔들고 있는 듯했다.

"네반에게는 그렇게 보이는구나. 나는, 줄곧, 네게…… 아니, 아무것도 아니야."

"지금이라도 늦지 않았어요. 루그 님의 말을 들으세요. 루그 님의 손을 뿌리친다면 어디로도 갈 수 없게 돼요."

"……그 말만큼은 듣고 싶지 않았어."

그렇게 말하고서 이번에야말로 사라졌다.

쫓으려고 해도 단순한 속도만 보자면 비교가 되지 않았다.

지금 노이슈의 신체 능력은 용사 수준이었다.

노이슈가 보이지 않게 되자 네반이 천천히 입을 열었다.

"바보 같은 소꿉친구가 바보 천치가 되어 버렸어요. 적어도 고맙다는 말 정도는 듣고 나서 사라지지."

"다시 만날 거야. 저 녀석 나름대로 이것저것 생각한 것 같았으니까."

분명 마족과 싸움이 벌어지면 나타나리라.

그리고 미나에게서 정보를 잘 뽑아낼 수도 있을 것이다.

"네. 분명 그렇겠죠."

"그나저나 놀랐어. 노이슈는 너를 좋아하는 것 같아."

"알아요. 옛날부터 늘 뒤를 쫓아왔죠."

별것 아니라는 듯 네반이 말했다.

"그 마음에 보답할 생각은 없어?"

"저는 로마룽그니까요. 그리고 저건 동생 같은 존재예요. 손이

많이 가서 눈을 뗄 수가 없어요. 정말 귀찮아."

"안심했어. 좋아하긴 하나 보네."

"착각하지 마세요. 어디까지나 동생으로 좋아하는 거니까."

쓴웃음을 지었다.

네반은 진심으로 걱정하고 있고, 종류는 다르지만 노이슈를 좋
아한다. 그건 지금까지의 행동을 보면 알 수 있다.

"그럼 돌아가죠. 마족 토벌을 완료했다는 보고서를 써야 해요.
이로써 세 번째 마족이 쓰러졌네요. 이렇게 가다 보면 간단히 마족
을 전멸시킬 수 있을 것 같아요."

"그럴지도 모르지. ……나머지가 라이오젤 같은 괴물이 아니기를
빌어."

라이오젤은 너무 강했다.

그것과는 두 번 다시 싸우고 싶지 않다.

"타르트, 디아, 돌아가자. 슬슬 투아하데가 그리워지기 시작했어."

존불의 뒤처리는 네반의 부하에게 맡기자.

그들이 우수하다는 것은 요 며칠 일하는 모습을 보고 알았다.
적당히 대충 지시를 내리면 괜찮게 처리해 줄 것이다.

우수한 인재가 있으니 효과적으로 활용해야겠지.

"네! 돌아가면 루그 님이 사랑하는 투아하데 요리를 만들게요."

"아, 그거 좋다."

"저도 따라가겠어요. 슬슬 부모님께 인사드려야죠."

다들 의도적으로 밝게 행동해 줬다.

친구와 작별하여 침울해진 나를 격려하기 위해.

정말 착한 아이들이다.

그렇기에 소중히 여기고 싶다.

"어떻게 돌아갈까. 도시까지 멀고, 도시가 이런 상태이니 마차도 찾을 수 없을 거야……. 아예 하늘을 날아서 돌아갈까? 새삼 능력을 아낄 필요도 없고. 하늘로 가면 투아하데까지 돌아가는 데 한나절도 안 걸려."

내가 그렇게 말하자 동료들은 눈짓을 주고받더니 고개를 끄덕이고 일제히 입을 열었다.

""""찬성(이에요).""""

이 순간, 하늘 여행으로 귀환하는 것이 결정됐다.

비행시간이 기니 행글라이더를 만들어 내는 방식으로 간다.

돌아갈 때까지 조금만 더 힘내기로 할까.

날씨가 좋다.

이 기분 좋은 푸른 하늘을 날아가면 노이슈에 관해서도, 향후에 관해서도 좋은 아이디어가 떠오를지 모른다.

■작가 후기

『세계 최고의 암살자, 이세계 귀족으로 전생하다 4』을 읽어 주셔서 감사합니다.

작가『츠키요 루이』입니다.

4권에서는 마침내 마하에게도 스포트라이트를 비출 수 있었습니다.

이 아이는 출현이 적은데도 불구하고 인기가 있었기에 그런 장면을 쓸 수 있었습니다. 작가로서도 좋아하는 아이라서 이렇게 출현을 늘리게 되어 기쁩니다.

또한 이번에는 새로운 캐릭터도 활약합니다. 그리고 그 미남이 돌아옵니다!

5권에서는 마왕, 마족과는 다른 종류의 위협이 루그에게 이빨을 드러냅니다. 루그가 그것을 어떻게 헤쳐 나갈지 기대해 주세요!

선전

본작의 드라마 CD 특별판이 발매됐습니다! 루그 역은 아카바네 켄지 님, 디아 역은 우에다 레이나 님, 타르트 역은 타카다 유키

님, 마하 역은 시모지 시노 님이 담당! 아주 호화로운 멤버입니다.

각본은 제가 새로 썼습니다. 글이 술술 써져서 평범한 드라마 CD의 두 배 분량의 역작이 완성됐습니다! 꼭 들어 주세요.

암살귀족 시리즈는 만화판도 발매 중이고, 계속해서 증쇄되며 대인기입니다!

또한 MF문고J에서 신작이 4/25에 발매됩니다.

제목은 【영웅 교실의 초월 마술사 ~현대 마술을 통달한 자, 전생하여 천사를 거느린다~(가제)】. 현대 마술을 통달한 마술사가 마술 학원에서 대활약! 천사를 거느리고서 의붓여동생과 함께 날뛰며 멸망해 가는 세계를 구합니다.

아무튼 멋있는 주인공을 쓰려고 한 작품입니다. 주인공 유우마의 멋짐은 루그 군에게도 필적합니다. 암살귀족 시리즈와의 연동 기획도 이것저것 있는 모양이니 그쪽도 꼭 참가해 주세요!

감사 인사

레이아 선생님, 4권도 멋진 일러스트를 그려 주셔서 감사합니다. 드라마 CD 특별판도 있어서 평소보다 많은 일러스트를 그려 주셨는데 전부 근사해요. 고맙습니다!

카도카와 스니커 문고 편집부와 관계자 여러분. 디자인을 담당해 주신 아츠지 타카히사 님, 여기까지 읽어 주신 독자님들께 무한한 감사를 드립니다! 고맙습니다.

세계 최고의 암살자, 이세계 귀족으로 전생하다 4

1판 1쇄 발행 2021년 5월 20일
1판 2쇄 발행 2022년 9월 29일

지은이_ Rui Tsukiyo
일러스트_ Reia
옮긴이_ 송재희

발행인_ 신현호
편집장_ 김승신
편집진행_ 권세라 · 최혁수 · 김경민 · 최정민
편집디자인_ 양우연
관리 · 영업_ 김민원

펴낸곳_ (주)디앤씨미디어
등록_ 2002년 4월 25일 제20-260호
주소_ 서울시 구로구 디지털로 26길 111 JnK디지털타워 503호
전화_ 02-333-2513(대표)
팩시밀리_ 02-333-2514
이메일_ lnovellove@naver.com
ㄴ노벨 공식 카페_ http://cafe.naver.com/lnovel11

SEKAI SAIKO NO ANSATSUSHA, ISEKAI KIZOKU NI TENSEI SURU Vol. 4
©Rui Tsukiyo, Reia 2020
First published in Japan in 2020 by KADOKAWA CORPORATION, Tokyo.
Korean translation rights arranged with KADOKAWA CORPORATION, Tokyo.

ISBN 979-11-278-5979-4 04830
ISBN 979-11-278-5473-7 (세트)

값 10,000원